I0613466

Illisibilité partielle

VALABLE POUR TOUT OU PARTIE DU
DOCUMENT REPRODUIT

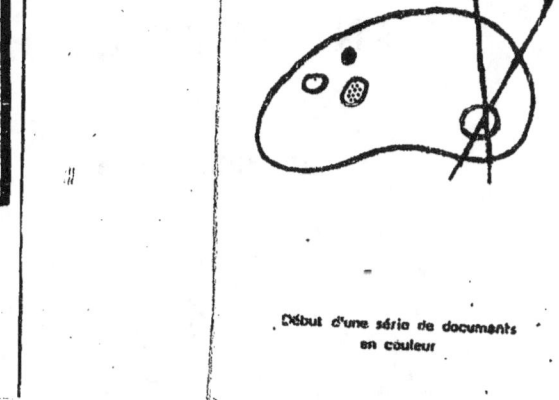

Début d'une série de documents
en couleur

COUVERTURES SUPERIEURE ET INFERIEURE D'IMPRIMEUR

ANNETTE LOGA

1re SÉRIE IN-8°.

487
90

ANNETTE LOGA.

MADAME RENÉE DE MONT-LOUIS

ANNETTE LOGA

ÉTUDE
DE MŒURS RUSSES

ÉDITION ILLUSTRÉE DE 7 DESSINS
PAR JANEL

LIMOGES
EUGÈNE ARDANT ET Cⁱᵉ
ÉDITEURS

ANNETTE LOGA

CHAPITRE PREMIER.

Au commencement d'octobre 184..., par un froid piquant que rendait plus glacial encore un brouillard intense et pénétrant, un petit navire caboteur portant à sa corne le pavillon suédois abordait à Dünamunde. Il fit les signaux d'usage, annonçant qu'il avait des passagers à débarquer, et une yole se détachant du quai, vint accoster; les douaniers qui la montaient grimpèrent à bord, et procédèrent à la visite des passagers et des effets.

Un lieutenant de police qui les accompagnait, et dont les fonctions consistaient à interroger les arrivants sur les motifs de leur voyage, et sur la durée de leur séjour, accomplissait sa mission avec

cet air rogue et suffisant des fonctionnaires infé-
rieurs en Russie. Mais en recevant de la main d'un
voyageur le passeport qu'il lui tendait d'un air un
peu hautain, et à la vue du nom qui y était inscrit,
ce lieutenant se découvrit respectueusement.

— Votre Excellence désire-t-elle débarquer tout
de suite? demanda-t-il, devenant aussi humble et
aussi obséquieux qu'il s'était montré insolent.

— Oui, à l'instant, fut la réponse; faites opérer
la visite; mon valet de chambre y assistera, il faut
que je sois à Riga ce soir; comment puis-je y
aller? trouverai-je un bateau?

— La Düna est glacée, Excellence.

— Déjà! au fait, tant mieux, j'arriverai plus
vite. Puis-je avoir un traîneau?

— Je ne crois pas, Excellence, c'était ce matin
jour de marché à Riga, et les paysans ne sont pas
encore de retour, les traîneaux non plus, naturellement.

— Au moins, avez-vous des barques dans votre
port?

— Oui, Excellence.

— C'est bien, alors. Votre visite est terminée,

n'est-ce pas? ajouta-t-il se tournant vers les douaniers, qui, découverts et au port d'arme, avaient écouté tout ce colloque.

Le voyageur, sans attendre le moindre signe d'adhésion, en homme habitué à être obéi sans réplique :

— J'embarque, dit-il; et descendant l'échelle de bord, il s'assit à l'arrière du bateau douanier, précédant quelques voyageurs favorisés qui s'installèrent près de lui; puis l'on partit, tandis que le lieutenant de police se confondait en excuses sur le peu de confortable du siége qu'occupait Son Excellence le voyageur.

Celui-ci répondit par un *nitchevo* (1) insouciant, et s'enveloppant de sa pelisse fourrée, il se plongea dans ses pensées, tandis que les rameurs dirigeaient l'embarcation vers le port.

Tant d'obséquiosité de la part du lieutenant indiquait que celui qu'il appelait Excellence devait occuper un rang important dans le *tchin* (2); en

(1) Terme dont le sens littéral est : Rien ! Qu'importe ! Bah !

(2) Classement de la noblesse et de la bourgeoisie; les serfs n'y ont pas droit.

effet, le comte Staritzeff appartenait à une des plus
anciennes familles de la Russie.

Un de ses aïeux avait été le compagnon de
Pierre-le-Grand, pendant son exil volontaire et
sublime : les Staritzeff se trouvaient, dans le siècle
suivant, parmi les ambassadeurs, les généraux ou
les marins qui avaient entouré la grande Catherine ;
l'aïeul et le père du comte actuel avaient été l'un
conseiller privé, l'autre général de talent ; lui-
même, attaché fort jeune comme secrétaire d'ambassade à Londres, à Paris, à Vienne, était devenu
depuis quelques années ambassadeur en Suède,
d'où il arrivait.

A le voir assis dans cette barque, au milieu de
ces bons bourgeois épais et de ces soldats à peine
dégrossis, il était impossible de ne pas reconnaître
de suite le grand seigneur.

Sa taille élancée, sans maigreur, avait de la grâce
et de la dignité ; sa main, qu'il sortit un instant de
son gant fourré, était fine, aux doigts longs et
tournés en fuseau comme ceux d'une femme ; mais
les ongles un peu carrés, les lignes fermes, le
pouce épais, venaient atténuer ce défaut dans une

main d'homme, et indiquaient que s'il y avait dans ce personnage des instincts d'élégance et de féminité, il s'y trouvait aussi une grande puissance de volonté et de caractère.

Les traits du visage eux-mêmes reproduisaient cet ensemble de douceur et de fermeté; c'était bien le type, du reste, du gentilhomme russe : le visage long, le nez droit; les yeux un peu enfoncés sous l'arcade sourcillière, étaient d'un bleu pâle, presque gris, doux et profonds, incisifs même; les interlocuteurs du comte étaient quelquefois gênés par ce regard, qui semblait pénétrer la pensée avant qu'elle ne fût formulée.

Les cheveux, de ce blond presque incolore des hommes du Nord, semblaient avoir été frappés par un rayon de ce soleil pâle et sans éclat de son pays. Ils mêlaient à leurs boucles encore nombreuses quelques fils d'argent sur les tempes.

La tournure jeune du comte, sa sveltesse, lui donnaient trente-cinq ans; les fils d'argent de la chevelure, quelques petits plis autour des yeux, accusaient quarante ans; réellement le comte en avait quarante-cinq.

Il sauta le premier sur le quai de Dünamünde.

— Une barque! demanda-t-il.

Quelques mariniers et soldats de garnison, qui assistaient au débarquement, se mirent à rire en lui montrant la Düna glacée; mais, sur un signe du lieutenant de police, tous se turent; quelques-uns s'esquivèrent, comprenant que leur gaieté était hors de saison.

Un homme s'avança et s'offrit, lui et sa barque couchée sur le flanc dans le sable de la rive.

— Tu sais ce que j'en veux faire? demanda le comte.

— Oui, à défaut de traîneau, Votre Excellence veut la faire atteler, j'ai vu quelquefois employer ce mode de transport.

— C'est bien, trouve-moi deux bons chevaux, et partons le plus vite possible; tiens, prends. Et le comte tendit au marin quelques roubles d'or.

— Ce sera bientôt prêt, Excellence, je vais atteler deux petits frères d'un iemschik (1) de mes amis, qui sont de fameuses bêtes; nous arrimerons vos bagages, et en route.

(1) Cocher et loueur de voitures.

Une heure plus tard, la barque, attelée et montée en traîneau, descendait de la berge sur le fleuve gelé.

Le comte y prenait place, et après lui son valet, qui s'assit sur les valises; tous les deux étaient enveloppés d'épaisses fourrures pour se garantir contre le froid, le vent, et surtout l'humidité; puis le marin claquant des lèvres, et adressant mille compliments à ses petits chevaux ardents, qui aspiraient la bise glacée en hennissant de plaisir, les enleva vivement; et la barque glissa emportée au galop entre deux rives plates, suivant le chemin indiqué, sur la glace, par des poteaux bariolés fichés de distance en distance.

La nuit était venue depuis longtemps, lorsque le cocher-marin se retourna vers le comte, et lui montrait une masse plus sombre que trouaient quelques points lumineux à travers le brouillard :

-- Voilà Riga, dit-il.

Quelques minutes plus tard, la barque se rangeait sur le bord du quai, en-dehors des murs de la forteresse.

A gauche de la barque se dressait une construction morne, ornée de tours percées d'ouvertures régulières ; c'était le château où habitait le gouverneur de la Livonie.

A droite se trouvaient les baraques d'un marché, alors désert.

Sur le devant, une lourde porte à créneaux, à machicoulis, hermétiquement fermée, ne paraissait pas d'habitudes pacifiques et d'humeur à permettre qu'on l'ouvrît ainsi à toute heure.

Comme fond au tableau que le comte avait sous les yeux, semblables à de gigantesques chauves-souris, apparaissaient les moulins renommés de Riga, agitant leurs grandes ailes d'un air paresseux et endormi.

Le comte envoya parlementer son valet de chambre, se nomma, et, après avoir généreusement récompensé le marin, qui lui baisait les mains avec effusion, il entra enfin dans la ville, et se fit conduire à un hôtel, ou, pour parler plus exactement, à l'auberge, car les hôtels de Riga ne méritaient guère alors ce nom.

— Où couchent les forçats ? demanda anxieusement le comte à l'hôte, qui s'empressait auprès de lui.

— Je ne sais rien sur eux, Excellence.

— Informez-vous à l'instant, alors, où se trouve le bagne.

— Près de la caserne, sur les remparts.

— Faites-m'y conduire, je me renseignerai mieux moi-même.

— Mais Votre Excellence ne peut songer à aller au bagne, à cette heure, dit l'hôte, dont la surprise écarquillait les petits yeux, et qui se tirait les cheveux pour se réveiller, s'imaginant rêver. Votre Excellence ne pourrait pas entrer !

— Pourquoi ?

— Mais, c'est la consigne, la nuit on ferme le bagne, et personne...

Le comte sourit à cette naïveté par trop forte.

— Et où n'entre-t-on pas avec un rouble ou un chiffon de papier-monnaie ?

Il allait sortir, demandant un guide, lorsque les portes se rouvrirent toutes grandes. Le premier aide-de-camp de Son Excellence le gouverneur de Livonie parut ; il venait offrir de la part du général informé à l'instant par la police de l'arrivée du comte, un appartement au château.

Le comte remercia.

— Je voudrais seulement, colonel, que vous me assiez conduire au bagne.

— Au bagne!

Et la figure de l'aide-de-camp exprima la même surprise que celle de l'hôte; cependant il se mit lui-même à la disposition du comte Staritzeff. Pendant ces pourparlers, le valet de chambre avait disposé le samovar de vermeil, l'eau bouillait, le comte offrit au colonel une tasse de thé, à laquelle l'hôte joignit du pain aigre, du saumon glacé, des concombres confits, un coq de bruyère gelé dans de la confiture d'airelles, qui composèrent le souper le plus russe du monde.

Puis le colonel et le comte sortirent, allant à la découverte du forçat que celui-ci venait chercher de si loin.

En Russie, le mot de forçat n'éveille pas l'idée de dégradation, de vices, d'infamies et de crimes qui s'attache à la même dénomination dans les autres pays d'Europe.

On est souvent condamné, pour un simple délit,
à revêtir la casaque des forçats.

Les condamnés politiques deviennent forçats; et
être envoyé au bagne de Riga est une condamna-
tion très-adoucie, et mille fois préférable aux mines
de l'Oural, ou à la transportation en Sibérie. A
Riga, on emploie les forçats aux travaux de terras-
sements des fortifications, à tailler les pierres,
d'autres à balayer les rues de la ville.

Ces derniers sont les favorisés, ils peuvent considérer leur place comme une sinécure.

Du reste, on les traite doucement; les soldats de
garnison chargés de les surveiller se contentent
souvent de les regarder se reposer.

Comme les gens d'une certaine opinion politique
ou religieuse, quoique de familles assez haut
placées, ont été ou seront forçats, cela ne déshonore
pas d'avoir été au bagne, pourvu que le motif qui
vous y a conduit se puisse avouer, et ne soit pour
un homme comme il faut ni une malversation ni
un vol.

Quelquefois, par égard pour une famille, il est
permis à un forçat de vivre chez lui : il est prévenu

du jour de corvée par un garde, et, revêtu du costume de la chiourme, il se rend au bagne ou sur
les remparts.

Quelques-uns obtiennent, mais plus difficile-
ment, de n'avoir pas les cheveux rasés de la façon
horrible et bizarre qui est d'ordonnance.

Les plus dangereux, ceux condamnés pour
crimes de droit commun, ou rebellion militaire, ont
le front marqué d'un fer rouge, et sont attachés à
une brouette qu'ils ne quitteront jamais, et avec laquelle on les enterrera.

L'intérêt que l'ambassadeur de Suède paraissait
ressentir pour un forçat ne devait pas produire la
surprise qu'il n'eût pas manqué d'exciter dans tout
autre pays d'Europe.

Emportés par le fringant attelage à trois du
traîneau du gouverneur, les deux chercheurs arrivèrent en quelques minutes sur la place de la
maison de ville.

Le colonel proposa de s'informer au poste de
police; peut-être saurait-on là dans quel bagne
était détenu le forçat.

— Comment se nomme votre homme? demanda-t-il.

— Loga.

L'officier, chef du poste, consulta le registre.

— Loga! le professeur de l'Université de Dorpat? Il n'est pas au bagne, il a obtenu de rester dans sa maison; il est malade, et ne fait plus de service. — Doulach, continua-t-il, s'adressant à un homme qui, debout, se chauffait au poêle; Doulach, comment va Loga?

— Il est mort il y a deux jours, répondit Doulach tranquillement.

Cette mort ainsi annoncée fit pâlir le comte.

— Son adresse à l'instant? demanda-t-il à voix basse, et avec émotion.

— On va conduire Vos Excellences, elles ne sauraient se reconnaître dans ces ruelles.

L'officier donna les ordres nécessaires, et le traîneau repartit, précédé par un soldat de la garnison portant une torche.

Ils enfilèrent de petites rues noires et étroites, dont les maisons avec leurs larges balcons de bois, leurs toits aigus, semblaient se pencher les unes

vers les autres, comme pour se chuchoter tous les
secrets qu'elles avaient surpris, toutes les douleurs
qu'elles avaient enfermées et cachées. Le traîneau
déboucha enfin sur les remparts, devant une rangée
de maisonnettes ou plutôt de cabanes à un seul
étage adossées aux murs extérieurs de la ville.
Toutes paraissaient hermétiquement closes, aucun
rayon lumineux filtrant par une porte ou une fenêtre n'indiquait qu'elles fussent habitées.

Le soldat de police alla frapper à l'une des
maisonnettes, qui résonna sous le coup violent du
marteau; mais aucune lueur, aucun bruit ne
révélait la présence d'un être vivant à l'intérieur;
le soldat renouvela son appel sans résultat.

Le comte, descendu du traîneau, attendait impa-
tient devant la porte.

Enfin, à un troisième appel, une fenêtre de la
cabane voisine s'entr'ouvrit, et une femme, la tête
enveloppée du fichu livonien, parut dans l'entre-
bâillement.

— Saint Grégoire, mon patron! quel tapage!
dit-elle, et pourquoi? Prétendez-vous réveiller le
pauvre chrétien qui dort si bien, maintenant?

Tout en parlant, la femme avait avancé la tête, et reconnaissant, à la lueur de la torche portée par le soldat, l'uniforme de l'officier qui accompagnait le comte :

— Votre Excellence désire-t-elle un renseignement que je puisse lui donner? interrogea-t-elle.

— N'y a-t-il plus personne dans la maison du professeur Loga? demanda le comte

— La maison est vide.

— Où est sa femme?

— Votre Excellence ne sait donc pas? La pauvre petite colombe est morte il y a un an.

Depuis ce temps, Loga Danilowitch ne fit que languir; il a rejoint sa femme, il y a deux jours. Alors, Macha, la pauvre amie, a tout vendu dans la maison, et *elles sont parties* ce matin.

— Qui est Macha?

— Macha, mais c'est la servante du professeur, une bonne femme bénie de Dieu. Ah! si elle ne buvait pas! mais...

Le comte arrêta le dénombrement des défauts de Macha qu'il prévoyait, et continua son interrogatoire.

—Savez-vous si le professeur Loga n'a rien laissé qui dût être remis à un étranger qu'il attendait?

— Etes-vous celui-là? s'écria la femme, levan les deux bras au ciel. Eh bien! jusqu'au dernier moment il demandait si vous arriviez; et lorsque nous le croyions trépassé, il nous effraya, Macha et moi, en rouvrant tout à coup les yeux, et en nous disant qu'il fallait ouvrir, que vous étiez là.

— N'a-t-il rien laissé pour moi? reprit le comte.

— Moi, je ne sais rien; peut-être Macha sait-elle.

— Où peut-on trouver cette Macha?

— Elles sont parties, mais sans dire où elles allaient. Macha est une Petite-Russienne, peut-être retourne-t-elle chez elle. Elle ne doit pas être bien loin de Riga, puisqu'elles voyagent à pied.

Le comte Staritzeff ne fit nulle attention au pluriel dont la femme se servait en parlant de Macha. Désespérant d'avoir par cette voie de plus sûres informations, il remercia la Livonienne, lui glissa dans la maison un chiffon de papier qu'elle accepta, en souhaitant l'accomplissement de tous ses vœux à son généreux petit père.

Puis, le comte rejoignit le traîneau, s'excusant d'avoir fait attendre l'aide-de-camp.

— Je ne puis rien savoir, lui dit-il tristement; la servante, qui seule pouvait me renseigner, a disparu depuis ce matin.

— Nous pouvons la faire rechercher, comte.

— Merci, colonel, j'accepte, c'est une femme russe qui se nomme Macha, et a quitté la ville à pied, ce matin.

— Cela suffit, comte; aussitôt le jour venu, nous expédierons des courriers dans toutes les directions, et nous la trouverons, soyez-en sûr.

J'irai à une autre source d'informations, le professeur Loga doit avoir des amis dans la ville, ou parmi les forçats politiques comme lui. Je vais me renseigner, et demain je vous apporterai une bonne nouvelle.

— Vous ne sauriez croire quel service vous me rendrez en me mettant sur la voie qu'a prise cette femme.

Loga l'a peut-être chargée d'un dernier vœu qu'il faut que j'accomplisse.

Sans de graves motifs, il ne m'eût pas écrit la lettre désespérée qui m'a amené ici.

C'était un garçon calme que mon pauvre Adam, il n'aimait pas les nouvelles connaissances, non plus que les nouveaux visages, et ne devait s'être lié avec personne à Riga.

Enfin cherchez, colonel; merci d'avance, et soyez assuré de toute ma reconnaissance. Pardon, avant de vous quitter, un renseignement : Pourquoi était-il au bagne?

Sa lettre, qui me l'apprenait, ne me disait pas la faute qui l'y avait amené. Avait-il enseigné à Dorpat une loi contraire à l'ordre?

— Non, comte, il me semble avoir entendu dire qu'il avait fait un livre en faveur de la race lettonne, qui s'éteint en Livonie; il y était question aussi des serfs, de leur condition; enfin il avait eu le tort d'écrire et de dire tout haut ce que nous pensons tout bas.

— Pauvre Adam! dit le comte, se parlant à lui-même : toujours le même! généreux et bon, exalté et enthousiaste, sous des dehors froids et calmes.

Il a toujours défendu le pauvre et l'opprimé; l'injustice le révoltait jusqu'à la folie. Où cela l'a-t-il conduit? A mourir au bagne!

Dans vingt ans, avant peut-être, qui sait si son livre ne servira pas à poser les bases de l'affranchissement que rêve notre czarewitch? Adam Loga le patriote sera proclamé un grand cœur, un sublime réformateur.

Pauvre Loga! voilà pourtant la pierre de touche de la fortune et du succès : savoir arriver à temps.

Pauvre ami! Adieu, colonel, adieu, ajouta le comte Alexandre Staritzeff, s'arrachant à ces tristes pensées, à demain.

Et il entra dans l'auberge, essayant de dérober à l'aide-de-camp l'émotion qui le saisissait.

Les courriers envoyés dans toutes les directions ne retrouvèrent nulle part la trace de Macha.

Adam Loga, ainsi que l'avait pressenti le comte, ne s'était lié avec personne.

Il faisait son service aux remparts, sans jamais parler; la corvée finie, il rentrait bien vite vers sa femme malade, et après la mort de celle-ci il devint plus sombre et plus taciturne encore.

Le comte Staritzeff attendit à Riga quelques jours, fit lui-même des recherches qui ne furent pas plus heureuses, et désespérant de jamais savoir ce que pouvait demander à son dévouement ce suprême appel de son ami mourant, il fit ses préparatifs pour retourner en Suède.

Avant son départ de Riga il fit, selon la mode livonienne, semer de sable frais et de verdure le chemin qui conduisait au cimetière, et le suivant, il resta longtemps pensif, debout, le front découvert, au pied de la tombe où reposait le compagnon de sa jeunesse.

— Si j'apprends jamais ce que tu voulais de moi, Adam Loga, dit-il, je jure de t'obéir.

CHAPITRE II.

Deux ans plus tard, dans l'été de 184..., le comte Staritzeff quittait la Suède; il était nommé ambassadeur dans le Levant.

Il se rendit à Pétersbourg pour y prendre des ordres diplomatiques, et passant devant Dubblen, à l'embouchure de l'Aa, il s'y arrêta.

Il comptait s'y reposer un peu, flâner quelques jours au bord de la mer, vivre inconnu au milieu du bruit et du mouvement.

Ce petit port du golfe de Riga, très-habité par la société livonienne, attire peu de Pétersbourgeois ou de grands personnages officiels.

C'était cette demi-solitude qu'avait désiré le comte, il voulait n'être là qu'Alexandre Staritzeff, et non Son Excellence l'ambassadeur.

Rien n'est frais et coquet comme ce petit port, moitié russe, moitié allemand, avec ses maisonnettes pittoresques.

Le lendemain de son arrivée, le comte était assis sur la plage; il fumait, regardant devant lui la mer calme et bleue, que quelques vagues venues du large faisaient à peine moutonner. Il oubliait la vie et s'absorbait dans ce doux *farniente* que connaissent si bien les fumeurs et les rêveurs, lorsqu'il entendit à quelques pas une ritournelle sur une balalaïka, la guitare russe, dont se servent peu

les Livoniens ; puis une petite voix cristalline
s'éleva, chantant une chanson naïve, dont le refrain
redisait le vieux proverbe : *L'oiseau est bien dans
une cage d'or, il est mieux sur une branche
verte.*

L'accent était pur, sans mélange d'allemand. La
chanteuse parlait le vrai russe, si doux lorsqu'il est
murmuré par des lèvres de femme.

Le comte se retourna ; c'était une petite fille qui
chantait ainsi.

Elle était arrêtée devant une brasserie en plein
air, et elle essayait de charmer les nombreux con-
sommateurs. Lorsqu'elle eut terminé sa chanson,
elle mit sous son bras sa balalaïka, faite d'un mor-
ceau de sapin à peine dégrossi, et commença une
quête ; mais il ne parut pas au comte que la petite
eût eu un grand succès.

Alors il la vit, après un grand soupir de désap-
pointement, secouer sa tête avec résolution, et passant devant le comte, elle alla rejoindre une vieille
femme qui, accroupie sur le sable, semblait l'attendre.

C'était une petite fille qui chantait ainsi. (P. 26.)

— Petite, dit le comte, lorsqu'elle passa, de quelle province es-tu donc?

— Je suis née à Dorpat.

— Tu parles russe, et non cet affreux jargon mêlé d'allemand des gens de ce pays.

— Mon père parlait russe à la maison.

— Et où est-elle, ta maison?

— Je n'en ai plus, mon père est mort.

Le comte fut frappé de l'air triste et fier avec lequel la petite chanteuse lui répondit; il mit la main à sa poche, et sans comprendre le sentiment qui le faisait agir, il n'osa tendre à cette fière petite personne son aumône.

La femme qui attendait l'enfant faisait depuis quelques minutes de vains efforts pour se lever.

— Allons, Anouchka, ma petite colombe, dit-elle, viens m'aider.

Et sa tête appesantie roulait d'une épaule à l'autre, tandis qu'avec ses mains cramponnées au sable, elle essayait de soulever son torse.

— Ta mère, petite? demanda le comte, qui regardait avec mépris cette ivrognesse.

— Non, pas ma mère, s'écria l'enfant redressant

sa petite taille, tandis qu'un éclair de colère illumi-
nait son grand œil vert; non, pas ma mère, répéta-
t-elle, ma servante seulement.

Puis elle courut vers la femme, jeta sur le sable
sa balalaïka, et prit dans ses deux mains la tête de
sa servante, et la regardant résolûment en face, elle
lui dit :

— Tu as donc encore bu, Macha, pendant que
je chantais sans doute? Prends garde, Macha,
prends garde, je te ferai punir.

Et sa petite main d'enfant tomba sur la joue de
la femme, qui murmurait d'un air confus de vagues
excuses.

Le comte, que cette scène amusait, se leva et vint
près de l'enfant.

— Comment vas-tu faire, maintenant, petite
princesse, pour que ta servante te suive? Elle est
tout à fait incapable de se lever.

— Elle se lèvera pourtant, répondit tranquillement Anouchka, je le veux.

Et saisissant les épaules de sa servante, elle fit
un immense effort en essayant de soulever cette
masse.

Macha se mit sur ses genoux, mais elle ne put faire davantage, et secouant la tête :

— Barynia, gémit-elle, laisse-moi ici, va chanter, petite mère; tout à l'heure je serai mieux, je pourrai te suivre.

— Non, si je te laisse là, lorsque tu pourras te lever, tu iras encore boire, comme il y a quatre jours; tu perdrais tout l'argent que j'ai gagné; lève-toi de suite.

Et les soufflets tombèrent drus comme grêle sur les joues blêmes de la grande femme, qui ne paraissait même pas les sentir, et qui ne faisait pas un mouvement pour les éviter.

La petite fille serrait les dents; de grosses larmes tombaient lentement de ses yeux : quelques promeneurs entouraient déjà le groupe, les uns riant, les autres s'informant. Anouchka baissa la tête sous ces regards curieux ou railleurs, et une vive rougeur envahit son visage et son cou.

Le comte eut pitié de cette petite bohême si fière; et au-dessus des curieux, son regard chercha un aide.

A quelques pas, il aperçut un boutechnik, il lui fit signe; le sergent de ville accourut.

Une minute après, la servante était remise sur ses pieds, et, soutenue par le soldat, elle prenait la direction de sa demeure.

Anouchka alla vers le comte, lui fit une gentille petite révérence :

— Merci, Monsieur, lui dit-elle, je ne vous oublierai pas.

Son ton était celui d'une enfant bien élevée, et d'une classe bien supérieure à celle à laquelle elle semblait appartenir.

Le comte le sentit, mais il n'adressa aucune question nouvelle à la petite fille; lui aussi était pressé de se mettre hors de vue, et de sortir du cercle qui s'amassait autour de lui.

Quelques jours après cette scène, il était à la fenêtre de la petite maison qu'il avait louée sur le bord de la mer, lorsqu'il aperçut la petite Anouchka marchant fort vite; il appela, elle tourna la tête et lui sourit, mais continua de marcher.

—Ne veux-tu rien chanter aujourd'hui? de-

manda-t-il; ta chanson du petit oiseau est for'
gentille, dis-la-moi?

— Je ne puis, répondit-elle; à mon retour.

— Où vas-tu si pressée?

— A la police.

— A la police! pourquoi faire?

— Faire punir Macha, elle s'est encore enivrée,
je ne puis plus rien faire d'elle; elle boit tout ce
que je gagne, et je n'ai pas mangé depuis hier.

Tout cela était dit tranquillement mais résolûment, elle ne voulait pas apitoyer le comte; non, il
l'interrogeait, elle donnait ses raisons pour faire
punir sa servante.

— Veux-tu entrer, je te ferai servir du thé et
des gâteaux?

— A mon retour, et lorsque je vous aurai chanté
quelque chose.

Et elle reprit sa marche.

— Attends donc, petite enragée, s'écria le comte
en riant; sais-tu que pour faire punir, comme tu
dis, ta servante, il faut avant que tu prouves tes
droits sur elle?

Macha est-elle bien ta serve? Pourras-tu faire

croire à ta propriété lo sergent chargé de la bas-
tonnade ?

Allons, entre donc, et dis-moi ton idée.

Ce disant, il ouvrit lui-même la porte à l'enfant,
et la fit asseoir devant lui, donna quelques ordres, et
se jetant sur un divan : Voyons explique-toi, répéta-
t-il en la regardant curieusement.

— Elle était à mon père, dit-elle.

— Ton père avait-il le droit de posséder des
âmes ?

— Je ne sais.

— Ton père est mort, tu me l'as dit, je crois ;
qui donc héritait de lui ? est-ce toi ?

— Hériter ! répéta Anouchka, je ne comprends
pas ce mot ; mais Macha était notre servante, elle est
la mienne à présent, et je puis la faire battre.

— Je comprends fort bien, petite obstinée, que
tu veuilles donner une leçon à ta Macha, qui me
paraît une créature complètement abrutie, et par-
faitement insupportable, mais encore faut-il le
pouvoir.

— Alors faites-la battre, vous, Monsieur, demanda Anouchka en joignant les mains.

Le comte se mit à rire.

— Tu t'imagines décidément que le proverbe a raison qui dit : Qu'un serviteur battu vaut mieux que deux qui ne l'ont pas été?

— A Riga, j'ai vu souvent un ami de papa qui envoyait à la police ses moujiks... et ils revenaient meilleurs pour quelque temps.

Le valet de chambre du comte entra, apportant un plateau couvert de gâteaux, de confitures, et de quelques tranches de poissons frais.

— Nous allons goûter ensemble, veux-tu accepter, mon enfant?

La petite fille rougit.

— Mais je n'ai rien chanté, dit-elle.

— Tu chanteras après, si tu y tiens absolument.

Il fit approcher de l'enfant la table toute servie et s'assit en face d'elle.

— Aimes-tu le thé, petite? Aimes-tu ces gâteaux au miel, et ceux-ci aux prunelles?

Et il s'amusait à la servir. Elle trouva le thé excellent.

— Voulez-vous me permettre de vous en donner une tasse? dit-elle.

Et à son tour elle lui prépara une tasse de thé.

Le comte était charmé; cette petite chanteuse couverte d'une robe rapiécée, la tête cachée par le fichu de coton de la moujik, avait les manières e' le langage d'un enfant de grand seigneur.

Très-intrigué de savoir par quel enchantement cette petite princesse pouvait courir les chemins, suivie d'une servante, il n'osait cependant être indiscret envers son hôte.

— Tu connais Riga? lui demanda-t-il, tes parents y habitaient donc?

— Oui.

— Ton père était-il noble?

— Oui, et il était un savant.

— Un savant, c'est fort beau, mais que faisait-il?

— Rien, répondit Anouchka en détournan la tête.

Le comte remarqua ce mouvement.

— Je ne veux pas te presser; comment t'appelles-tu mon enfant?

— Annette, répondit la fillette.

Une pensée vient au comte, il se souvient de cet

ami, mort si misérablement, du pauvre Loga, lui aussi un savant, comme disait l'enfant.

— Peut-être ton père a-t-il connu un forçat qui se nommait Loga, et qui était au bagne de Riga?

Anouchka releva ses yeux verts, les fixa droit sur ceux du comte.

— Non, dit-elle brièvement, tandis que sa petite main se crispait sur le bord de la table.

Elle se leva aussitôt.

— Merci, Excellence, je n'ai plus faim, merci. Mais que dois-je faire pour Macha?

— Si ton père habitant Riga n'a pas fait valoir ses droits sur les âmes qui lui appartenaient, je doute que toi, petite, tu puisses parvenir à prouver ta possession. Dans tous les cas, nous sommes en province livonienne, et les lois de ce pays sont plus douces pour le moujik que celles de notre vraie Russie. Je ne vois qu'un moyen de te débarrasser des vices de Macha : abandonne-la et va vivre chez quelque parent.

— Je n'en ai pas; et puis, si j'abandonne Macha, elle mourra de faim, s'écria Anouchka : c'est une bonne femme quand elle ne boit pas.

— Voilà un cas bien embarrassant, dit le comte, souriant malgré lui de l'air inquiet et grave de la petite fille.

— Allons, je tâcherai de l'empêcher de boire, reprit-elle en soupirant; au revoir, Excellence

— Adieu, Anouchka, je pars demain.

— Que Dieu bénisse votre voyage, répondit Anouchka; et prenant la main du comte, elle la baisa non point servilement, mais ainsi que le fait ordinairement, en Russie, un enfant à son père.

Elle alla à la porte; puis se retournant tout à coup :

— Pourquoi m'avez-vous demandé si je connaissais le professeur Loga? interrogea-t-elle.

Le comte, qui s'était levé, saisit la petite par le bras.

— Et toi, pourquoi m'as-tu répondu que tu ne le connaissais pas, et pourquoi l'appelles-tu le professeur Loga, quand je ne t'ai point dit qu'il le fût?

Anouchka regardait le comte sans répondre.

— Vous étiez donc son ami? reprit-elle enfin.

Et soudain, fondant en larmes, Anouchka s'écria :

— Ah! pauvre papa, comme il m'aimait!

— Sa fille! Tu es la fille d'Adam Loga?

L'enfant fit signe que oui, et joignant les mains :

— Ah! Excellence, supplia-t-elle, ne le dites pas.

— C'était sans doute pour te recommander à moi, qu'il m'écrivait cette lettre si pressante, qui me fit accourir de Suède, trop tard, hélas!

— Alors vous êtes Alexandre Staritzeff, dont il parlait toujours. Tenez, comte, voilà le bijou qu'il m'a chargée de vous remettre quand vous arriveriez ; il a dit que vous le reconnaîtriez bien ; et ouvrant son corsage, Anouchka retira de son cou un petit ruban auquel pendait une bague, et la lui tendit.

— C'est moi qui ai envoyé ce cachet antique à Adam, le jour de sa nomination à Dorpat; mais ne t'a-t-il fait aucune autre recommandation, mon enfant? demanda Alexandre Staritzeff.

— Oh! si, il m'a dit de vous aimer comme je l'aimais; mais je crois que c'est impossible, acheva Anouchka timidement.

Le comte réfléchissait, il regardait Anouchka, il attira la petite fille dans ses bras, et lui dit :

— Adam voulait te laisser à moi; oh bien! j'accepte son cadeau, je t'adopte; Anouchka, veux-tu vivre dans ma maison?

— Oui, comte, répondit l'enfant, lui souriant au milieu de ses larmes.

Alexandre Staritzeff appela son hôtesse, et lui confia la petite fille.

— Allez avec elle dans tous les magasins, lui dit-il, habillez-la, ce que vous trouverez de mieux, et que tout soit prêt demain; puis il se rendit dans la cahutte où habitaient Macha et sa maîtresse.

Un seau d'eau que le valet du comte jeta sur les épaules de la moujik, lui rendit ses esprits assez promptement.

Le comte l'interrogea; il démêla, au travers de ses excuses, de ses prières et de ses sanglots, que, craignant que la police ne voulût s'emparer des effets de son maître, ainsi qu'elle le fait généralement à la mort des forçats, elle s'était dépêchée de vendre le pauvre mobilier du professeur, moins quelques livres qu'Anouchka avait voulu emporter comme souvenir; qu'elles étaient allées toutes deux dans le traîneau d'un moujik jusqu'à quelques lieues de Drissa, et à pied ensuite jusqu'à cette ville, où Macha avait un frère charpentier.

Là, Macha avait bu peu à peu l'argent qu'elle possédait, et alors Anouchka avait fait confectionner une petite balalaïka; et depuis un an, elles allaient ainsi de villes en villes et de villages en villages, l'enfant chantant de vieilles chansons russes, que sa gentille mine faisait écouter et applaudir; l'hiver, Anouckha n'avait point été malheureuse : bien accueillie partout, elle avait toujours partagé le hamac des enfants de la maison où elles s'arrêtaient; enfin, elle conclut en s'écriant que sa petite barynia était très-bien avec elle, et qu'elle allait mourir de faim si le comte lui enlevait son enfant chéri, sa jolie petite colombe.

Il fut convenu que Macha retournerait à Drissa, qu'elle y recevrait une pension qui la mettrait à l'abri du besoin, et lui permettrait de finir honnêtement ses jours si elle voulait.

Cet arrangement sécha instant. ném..t l.. larmes de la servante.

Elle remit au comte les quelques livres du professeur Loga, et entre autres le manuscrit de son dernier ouvrage, de celui qui l'avait envoyé mourir au bagne de Riga.

. Le lendemain matin, tout était prêt pour le départ; le comte installa Anouchka dans la kibitka, bien abritée du vent par la capote, il la coucha sur la literie que ne manque jamais d'emporter avec lui tout Russe qui sait voyager; puis, après des adieux attendrissants de Macha à sa chère barynia, la voiture partit au galop de ses trois chevaux.

CHAPITRE III.

Le pays qui entoure Dubblen, et surtout Riga, est joli; quelques grêles collines, on peut presque dire les seules de la Russie d'Europe, accidentent un peu les environs; aussi les Livoniens sont ils très-fiers de leurs montagnes, et appellent-ils cette partie de la province la Suisse livonienne.

En quittant la ville, la kibitka du comte rejoignit bien vite la route de Riga à Pétersbourg.

Dès lors le paysage change, l'horizon est formé par d'immenses forêts de pins qui bleuissent au pâle soleil d'été. Le comte essaya d'intéresser Anouchka, avec le récit d'apparitions de Roussalki entre les branches de pins.

Quelques pauvres paysans lettons croisaient la ki bitka; ils se découvraient précipitamment, et arrêtés sur le bord de la route, ils suivaient d'un long regard craintif les voyageurs; regard semblable à celui d'un chien battu.

Ils avaient tous de grands cheveux ébouriffés, blancs à force d'être blonds, et un visage blême, sans expression.

— Voilà la race pour laquelle ton père a combattu, Anouchka, dit le comte, pour laquelle il a souffert. Il a défendu ces pauvres gens dégradés et abrutis par des siècles de servitude et d'humiliations, et qui, malgré tant de misères, tant d'oppression, une inertie apparente, conservent encore une force de vie étonnante. Ils ont leurs usages qui diffèrent entièrement des nôtres, leurs costumes qui ressemblent beaucoup à ceux d'un peuple très-ancien aussi, Français depuis longtemps, et que l'on nomme les Bretons.

Les Lettons ont aussi une langue particulière, la

plus vieille de l'Europe, s'il faut en croire ton père. J'ai lu tout cela dans le manuscrit que m'a remis Macha. Nous nous occupons si peu, nous autres Russes, de ce pauvre peuple qui souffre et qui s'éteint à côté de nous, que, sans cette lecture, je n'aurais pu te donner aucun renseignement sur ces Lettons, ou Lethois, que nous rencontrons à chaque instant, depuis notre sortie de Riga.

— Je les connais, répondit Anouchka; quand nous sommes arrivés à Riga, maman marchait alors, et souvent nous allions hors les portes de la ville porter quelques aumônes à une famille que papa protégeait; il y avait beaucoup d'enfants, et le père seul avait quelquefois la permission d'entrer dans Riga. On est bien sévère pour eux, comte; papa s'est mis souvent en colère en défendant leur cause.

Alexandre Staritzeff revoyait avec plaisir ces longues plaines qu'il n'avait pas parcourues depuis de longues années.

Pour ne point fatiguer Anouchka, il voulut coucher à Volodimer, et le lendemain le cocher de la kibitka, stimulé par la promesse d'un généreux pourboire, repartait à fond de train.

Le paysage avait changé, les collines avaient disparu; une immense plaine s'étendait devant les voyageurs, coupée de distance en distance par de larges marais.

Ils allèrent ainsi tout le jour et une partie de la nuit sans descendre de la kibitka, où le comte avait fait accumuler toutes sortes de provisions, franchissant les marais sur de longues traverses de bois à peine assez larges pour laisser passer les trois chevaux.

Anouchka répondait d'un air tranquille aux encouragements de son compagnon :

— Mais je n'ai pas peur du tout, comte; n'êtes-vous pas là?

Vers le soir, au moment où le soleil disparaissait dans une vapeur rougeâtre, — il était dix heures, — fatiguée, elle s'endormit à côté de lui, étendue sur une épaisse peau d'ours noir, ses cheveux d'or mêlés au poil rude de l'animal, son bras rejeté en arrière et soutenant sa tête.

La capote de la kibitka abaissée, à cause de la chaleur humide qu'il avait fait tout le jour, permettait de voir l'enfant toute entière.

Le comte se prit à la considérer attentivement.

La vie qu'elle avait menée pendant ces deux dernières années avait déjà marqué sa fatale empreinte, et estompé d'un léger cercle de bistre les yeux et les paupières; de longs cils bruns recourbés venaient ajouter leur ombre jusque sur la joue pâle.

La bouche, aux lèvres un peu épaisses, mais si rouges et si fraîches, accompagnait bien ce petit nez rond, retroussé, volontaire, aux narines mobiles.

Le visage était large, peut-être un peu trop large au gré d'un statuaire épris de la beauté antique; mais il y avait dans ce visage de petite fille une grâce et un charme prodigieux.

Les yeux verts, allongés légèrement, montant vers les tempes, enveloppés de l'arc d'un sourcil d'ébène, avaient une expression sérieuse et tendre qui n'était déjà plus celle d'une enfant.

—Elle sera charmante, pensait le comte, voilà bien la Russe, la vraie Russe dans quelques années, avec le costume national; voilà comme je comprendrais que l'on me représentât notre chère Russie.

Il fut tiré de sa rêverie par son domestique, qui lui toucha légèrement le bras et lui dit :

— Votre Excellence daignerait-elle s'apercevoir qu'elle va se noyer ?

Le comte se leva précipitamment, et son regard se dirigea vers le point que lui indiquait le valet.

La lune venait de se lever, trouant par intervalles la brume lourde et froide qui avait succédé depuis quelques instants à la chaleur du jour.

Devant la kibitka, en droite ligne, s'étendait un immense lac; les chevaux y couraient à fond de train.

L'iemschik, debout, selon l'habitude des cochers russes, les y conduisait tout droit.

— Cet homme dort, pensa le comte; mais non, il l'entendit parler à ses chevaux, les exciter, les appelant ses petits frères.

Il était donc ivre, alors?

Ces réflexions se succédèrent avec la rapidité de l'éclair; le terrain en pente accélérait la marche de la voiture.

Le comte allait avertir l'iemschik, lorsqu'un cri de son domestique le prévint.

Ils entraient ventre à terre dans le lac; le comte se renversa, riant de sa terreur; ce qu'ils avaient pris pour un lac n'était qu'une nappe de brouillards qui s'élevaient des marécages et reflétaient le ciel.

— Mes nouvelles fonctions de gouvernante me troublent décidément l'esprit, se dit-il, pour que je ne me sois pas souvenu de ce mirage si commun dans cette partie de la Russie.

Au point du jour, la kibitka entrait à Dorpat, la plus jolie ville de la Baltique.

Adam Loga avait été un des professeurs les plus écoutés de son Université.

Le comte passa deux jours dans cette petite cité, pleine encore pour lui des souvenirs de sa jeunesse et de son amitié pour Adam.

Ici, un soir de la malesnitza (1), glissant avec Adam et une bande d'étudiants sur l'Einsbach, Adam était tombé aux pieds d'une jeune fille qui, quelques années après, devenait madame Adam Loga.

A Dorpat, la population est complètement différente de celle de Riga et des environs; plus de

(1) Semaine du carnaval.

Lettons dans la campagne; mais de grands et forts moujiks à la tête carrée, aux larges épaules, à la chevelure plus foncée et plus épaisse.

Ils mêlent encore un peu d'allemand à leur russe, mais ils ne le parlent plus de la même façon.

Dans la ville, peuplée d'étudiants, de professeurs et de petits marchands, la différence avec Riga ou Pétersbourg s'accuse moins, mais dans la campagne cette impression est sensible, et l'on retrouve encore les descendants de ces Suédois que Gustave-Adolphe y avait attirés, lorsqu'il fondait à Dorpat, en 1630, cette Université, centre actuel des études pour les provinces baltiques de l'empire.

Après Dorpat, l'aspect du pays commence à changer, et à Iggater les populations ne parlent plus du tout cet allemand russianisé qui est si désagréable à entendre pour des oreilles russes.

Anouchka s'amusa beaucoup des maisons de bois peintes de couleurs vives où domine toujours le rouge, et qui remplacent les maisons de pierres que, seules, elle connaissait.

La route se déroule comme un ruban entre un

désert de sable jaune et le lac Peïpus, aux ondes
d'un bleu argenté, que sillonnent quelques barques
de pêcheurs, et pendant cent vingt verstes environ (1), dans toute sa longueur, la kibitka longea
le Peïpus, puis elle entra en Esthonie, et bientôt à
Narva, où les eaux du lac se mêlent à celles du
fleuve qui a donné son nom à la ville.

L'enserrant d'une ceinture liquide, le Narva
coule dans les fossés d'une forteresse qui, avec ses
tours élevées, ses lourdes portes, donne un grand
aspect guerrier à la paisible petite cité.

Longtemps avant d'arriver à Pétersbourg,
Anouchka fut ravie par les gracieuses villas qui
bordent la route, les restaurants bruyants et les
traktirs (2) tumultueux; il était près de minuit
lorsque le comte, qui voulait la tenir éveillée, lui
montra les dômes dorés de Pétersbourg, que piquait
de larges taches blanches la lune qui se levait. La
kibitka franchit enfin les portes de la ville, traversa
les faubourgs sombres et tristes, arriva dans les
beaux quartiers animés et bruyants, et s'arrêta près.

(1) Mesure itinéraire de Russie; un peu plus de mille mètres.
(2) Cabarets.

de la perspective Newski, dans une rue habitée par l'aristocratie de la capitale.

Le dvornik s'empressa d'ouvrir toute grande la porte cochère, et la kibitka entra sous le vestibule; un Suisse en grande livrée, tricorne sur la tête, vint recevoir les voyageurs, et les valets de pied s'empressèrent de descendre de la voiture l'enfant, qui dormait à demi.

CHAPITRE IV.

Le comte prit la main d'Anouchka, et tous deux montèrent un escalier de marbre blanc orné de larges plaques de malachite, et transformé en serre par une quantité innombrable de fleurs de toutes les latitudes.

— La comtesse Leinitz est chez elle ce soir, Grégoire? demanda le comte à un vieux major-dome qui accourait au-devant de lui.

— Oui, Excellence, j'espère que Votre Excellence est bien portante; il y a longtemps que Son Excellence n'a pas daigné venir chez sa sœur.

— Je vais bien, Grégoire. merci, conduis-nous dans les appartements particuliers.

Confie cette enfant à une des femmes de la comtesse; qu'on la couche et qu'on la veille.

— Veux-tu souper, Anouchka?

— Merci, Excellence, je n'ai pas faim, fit l'enfant.

— Alors, Grégoire, donne-moi une chambre, que je puisse me rendre présentable. La comtesse a-t-elle beaucoup de monde ce soir?

— Excellence, quelques intimes seulement, une centaine de personnes environ.

Le comte sourit des cent intimes de sa sœur; son séjour en Suède l'avait déshabitué de cette façon pétersbourgeoise de compter ses amis; mais il savait la comtesse Leinitz très-lancée dans le monde, qu'elle adorait, sans lequel elle ne pouvait vivre; et si les cent intimes le firent sourire, ils ne l'étonnèrent nullement.

La sœur du comte Alexandre Staritzeff, comtesse Sophie Petrovna Leinitz, était une *vieille Russe*, comme elle se qualifiait elle-même : elle avait été mariée, il y avait une vingtaine d'années, mais un jour, à la suite d'une querelle un peu plus vive qu'à l'ordinaire, où le comte Leinitz s'était trop souvenu des manières de ses ancêtres zaporogues, et où les épaules de sa femme avaient reçu des souvenirs *trop frappants*, le comte avait disparu.

La comtesse se plaisait à penser que le czar, dans sa clémence, avait dû l'envoyer dans les mines de l'Oural pour quelques méfaits inconnus; toujours est-il qu'elle aimait à se croire veuve, et que tout le monde, sachant son faible, entretenait une aussi douce illusion.

Elle n'avait jamais été jolie, loin de là; c'était une grande et grosse femme, qui ressemblait en laid à son frère; mais elle avait de l'entrain, de l'originalité dans l'esprit, et une gaieté qu'aucun événement ne pouvait troubler; elle prétendait qu'elle avait fait un mariage d'inclination, mais que, dès la veille de la cérémonie, elle était déjà revenue de sa folie.

Elle avait été très-recherchée; peut-être ses manières et son esprit séduisaient-ils. Puis elle était bien apparentée, bien posée, et l'espoir d'être reçu dans les salons de la comtesse expliquait peut-être les hommages dont elle était encore l'objet.

Un jour elle dit à son frère, en se plaignant de vieillir :

— Croiriez-vous, Sacha (1), que maintenant ils me proposent de m'épouser! comme je vieillis, hein!

Elle passait pour extravagante, et l'était bien un peu, en ce sens qu'elle disait toujours tout ce qui lui passait par l'esprit, sans s'inquiéter de rien, ni de personne.

Au fond, elle n'était pas méchante, mais la vie factice qu'elle menait depuis longtemps l'avait rendue égoïste et personnelle.

Le comte entra dans le salon de sa sœur, il fut reconnu aussitôt, et chacun se leva, l'entourant, s'informant de sa santé, car il connaissait presque tous ces intimes, à part quelques jeunes chevaliers gardes, nouvellement présentés, ou quelques jeunes femmes entrées depuis peu, par le mariage, dans le monde aristocratique que recevait la comtesse. Au fond d'une seconde pièce, une vingtaine de joueurs entouraient une longue table sur laquelle se livrait une immense partie de baccarat.

(1) Diminutif familier d'Alexandre.

La comtesse, placée au centre, tenait la banque. Elle ne tourna même pas la tête lorsqu'entra son frère; il s'avança derrière elle, et s'accoudant sur le dossier de son fauteuil :

— Bonsoir, Sonia (1), lui dit-il, gagnez-vous, ma chère?

— Quel est l'insolent qui se permet de m'appeler par mon nom de... Ah! Dieu, c'est vous, Sacha, s'écria la comtesse en se retournant; que c'est bête, de surprendre ainsi les gens; il n'y a donc plus de courriers en Russie?

— Attendez, attendez, prince, dit-elle, s'adressant à un ponteur, le coup est bon et je le gagne, puisque j'abats neuf.

— Vous savez, Sacha, je suis devenue joueuse en votre absence; que voulez-vous, on ne trouve plus à qui parler! les hommes sont plus sots que jamais, cela devient désespérant. Je suis sûre que, depuis votre départ, nous n'avons pas dit ici dix mots qui aient eu le sens commun.

— Ah! comtesse, vous vous calomniez, s'écria un jeune homme.

(1) Diminutif familier de Sophie.

— Bien sûr, je ne parle pas pour moi, Serge. reprit la comtesse.

Mais, Sacha, qui vous ramène à Pétersbourg? Personne n'est encore rentré, on est en Allemagne ou en France en ce moment.

— Une affaire dont je viens vous parler, répondit à demi-voix le comte.

Dix minutes après, les salons étaient vides, la réponse du comte avait été entendue, et chacun s'était empressé de laisser seuls le frère et la sœur.

La société russe, je parle de l'aristocratie, est la plus courtoise et la plus polie de l'Europe; un étranger admis dans une maison comme celle de la comtesse Leinitz croit entrer dans un de ces salons du dix-huitième siècle, où se coudoyaient, se mêlaient sans se confondre grands seigneurs, grandes dames, hommes de lettres et artistes; les hommes y sont encore aimables et les femmes choyées avec ces façons charmantes et spirituelles que les Français, qui les ont inventées, semblent oublier.

Cette urbanité un peu hautaine, cette grâce dans les manières est un vernis dont sont frottés tous les grands seigneurs russes.

Peut-être, rentrés dans leurs terres, n'en est-il plus de même.

Les idées, les mœurs, dans ce milieu nouveau, reprennent-elles leur empire?

L'homme du monde s'efface devant le maître; mais les salons de Pétersbourg sont les seuls en Europe qui ressemblent exactement au vrai salon parisien.

Le comte Staritzeff raconta à sa sœur sa rencontre à Dubblen avec la petite chanteuse, la découverte qu'il avait faite qu'elle était la fille unique de cet Adam Loga qu'elle avait connu aussi jeune garçon, alors qu'il l'avait ramené chez lui aux vacances; il lui dit ses projets d'adoption, et remit au lendemain à lui présenter l'enfant, avec la pensée qu'elle donnerait un bon conseil pour son éducation.

— Mais il faut bien vite la faire entrer aux orphelines de la couronne.

— Impossible, son père est mort au bagne.

— Voilà qui devient embarrassant : mais où est-elle, cette petite?

Tout en parlant, la comtesse Sophie entra dans

ses appartements, suivie par son frère; ils trouvèrent Anouchka étendue sur un grand sopha
dans le boudoir; une lampe aux rayons tamisés par
un globe de cristal bleu envoyait une lumière
doucie et bleuâtre sur l'enfant endormie.

Ses cheveux lui faisaient comme un fond d'or sur
lequel s'enlevait sa petite tête fine et gracieuse.

La comtesse la regarda longtemps :

— Elle sera très-jolie, dit-elle; puis, se tournant
vers le comte, elle ajouta :

— Ah! Sacha, vous êtes toujours le même,
l'homme du premier mouvement. Que voulez-vous
faire chez moi d'un enfant? C'est fort bon d'élever
des orphelines, mais il y a un inconvénient, c'est
que les petites filles deviennent de grandes filles;
et alors, dites-moi, raisonnablement, Sacha, que
ferez-vous de celle-ci?

Le comte se promenait de long en large.

— Vous n'êtes pas encourageante, Sonia, dit-il ;
mais pouvais-je laisser seule au monde, dans la
misère, la fille de notre compagnon d'enfance, de
mon ami Adam? Je n'ai pas réfléchi, je ne veux
pas réfléchir aux charges, aux conséquences qu'en-

Ils trouvèrent Anouchka étendue sur un grand sopha. (P. 56.)

R.F

traîne l'adoption de cette petite, je crois que je dois remplacer auprès d'elle le père qu'elle a perdu. C'est certainement ce que voulait de moi ce pauvre Loga, lorsqu'il me faisait demander à son lit de mort, et bien qu'il ne soit plus là pour recevoir mon serment, il ne m'en sera pas moins sacré. Je me suis promis d'élever Annette, d'en faire une heureuse femme, si je puis; j'essaierai. Si nous n'entreprenions que le bien facile à faire, où serait l'effort? où serait la vertu? Ne croyez pas, ma chère, que je veuille me poser en redresseur de torts et en éleveur d'enfants, acheva le comte en riant; mais voyez-vous, Sonia, Dieu a mis sur mon chemin cette enfant de mon ami, et je ne repousserai pas l'hôte que Dieu m'envoie.

— Faites ainsi qu'il vous plaira, Sacha, conclut la comtesse; aussi bien, elle est gentille cette petite fille, et je tâcherai de vous aider, quoique l'un et l'autre, entre nous, cher frère, nous ne sachions guère comment on gouverne ce petit monde-là.

Les quelques jours qui suivirent l'arrivée de l'enfant furent employés par la comtesse à faire venir chez elle tous les marchands de Pétersbourg, à choisir et à composer pour Anouchka, d'après les ordres du comte, un trousseau luxueux.

Aussitôt la petite fille habillée à sa fantaisie, la comtesse la conduisit partout en voiture, ne pouvant la quitter une minute; puis elle déclara que cette vie de gouvernante ne lui convenait pas du tout, qu'elle n'avait vu personne depuis un siècle, et qu'elle était horriblement fatiguée de tout ce travail.

— Mais enfin, Sacha, que faisons-nous de votre protégée? Vous ne songez pas, je suppose, à me la laisser ainsi toujours? dit-elle avec inquiétude.

— Certes non, ma chère, je sais bien que c'est impossible, mais j'ai pris des renseignements : les pensions de Pétersbourg sont mal tenues, les couvents ont une règle trop sévère et des études qui ne le sont pas assez; vraiment, je vous avoue, Sonia, que je ne sais quel parti prendre.

— Mais que ne l'envoyez-vous dans une de vos terres, à Staritza, par exemple? n'avez-vous pas là huit ou dix villages? le château est vaste, elle s'élèvera merveilleusement dans ce pays.

— Comme une plante dans la serre, n'est-ce

pas, Sophie, toute seule, avec l'intendant et les moujiks?

— J'ai votre affaire, Sacha, nous sommes sauvés! j'oubliais une perle, une vraie perle dont m'avait parlé la princesse Pavoff avant son départ... une fille qui la quittait et voulait entrer comme institutrice quelque part.

— Vous savez, Sophie, que la princesse est un peu folle. Qui est cette fille?

— Une perle! je ne vous dis que ça, je l'ai vue cent fois; comment n'ai-je pas pensé tout de suite à elle? C'est la fille de Lambert, vous savez bien, Lambert le chanteur, qui est mort il y a une dizaine d'années. Il paraît qu'il menait trop grand train; ces gens-là sont tous les mêmes; aussi, à sa mort, sa fille est entrée chez Prascovie Pavoff et ne l'a plus quittée. Elle est très-instruite, je vous dis que c'est votre affaire. Je vous ramène ma perle à l'instant.

Le comte, très-effrayé, attendait la perle annoncée; il redoutait la folie de la princesse et l'extravagance de sa sœur.

Il se trouva qu'il était impossible de mieux choisir

Charlotte Lambert était une petite femme d'une trentaine d'années, maigre et noire, avec de petits yeux enfoncés profondément sous des sourcils charbonnés, un nez en bec d'aigle qui tombait sur une bouche trop grande; elle avait les allures vives des femmes du midi de la France, et, au premier abord, l'air dur et triste; mais lorsque le comte la vit sourire, il fut frappé du changement qui s'opéra sur ce visage ingrat.

Elle ne se ressemblait plus; ses dents blanches entr'ouvrant sa bouche fine, son œil brun, plein de douceur, qu'éclairait une flamme intérieure, et qui semblait rire, donnaient une expression charmante à ses traits trop accentués.

Il la fit causer, et il vit qu'elle savait suffisamment de tout, à la façon française; elle était l'élève de son père pour la musique, et la connaissait à fond; elle chantait l'italien avec une petite voix aigrelette, mais avec une grande sûreté de méthode; elle jouait du piano comme Chopin.

Elle consentait à tout; elle voulait bien vivre seule avec une enfant à la campagne, elle avait assez vu le monde depuis dix ans qu'elle y accompagnait sa vieille princesse.

Les conditions furent facilement arrêtées; mademoiselle Lambert n'était pas exigeante, et le comte était généreux.

Anouchka se montra, dès la première entrevue, si gentille, si gracieuse pour sa future compagne, que celle-ci se trouva trop riche des deux mille roubles que lui assurait le comte Staritzeff, et l'on ne songea plus qu'au prochain départ.

CHAPITRE V.

Quelques jours après, une calèche élégante attelée de quatre chevaux attendait au chemin de fer de Pétersbourg à Moscou, station de Staritza, le Barine (1) qui revenait chez lui. La comtesse Leinitz, trouvant que décidément Pétersbourg, pendant ce mois de septembre, était une solitude, l'accompagnait, afin d'essayer d'un autre genre de désert.

La voiture franchit rapidement les quelques

(1) Maître, seigneur.

verstes qui séparaient le château de la station de Staritza, emportée qu'elle était par les vigoureux petits chevaux qu'élevaient les serfs du domaine. A mesure que l'on se rapprochait du château, la route se formait davantage, elle s'égalisait; les fossés qui la bordaient firent bientôt place à une rangée d'arbres verts et·touffus, cachant les poteaux placés de verste en verste; elle était sablée de frais et jonchée de fleurs effeuillées. Lorsqu'on entra dans la grande avenue seigneuriale, des guirlandes de feuillages couraient d'un arbre à l'autre.

Vers le milieu de l'avenue, se dressait un arc de triomphe gigantesque, fait de branches de sapins et de mélèzes, Tout autour voletaient des centaines d'oiseaux qui s'échappaient en poussant des cris joyeux, rendus à la liberté à l'arrivée du Barine.

Tous les moujiks du village seigneurial, et beaucoup d'autres des villages qui appartenaient au comte, rangés en demi-cercle, en grand costume de fête, poussèrent une immense acclamation en apercevant la voiture.

Les moujiks avaient tous encore le costume d'été

qui consiste dans le cafetan en gros drap gris, serré autour de la taille par une ceinture rouge, les pantalons larges entrés dans les bottes d'écorces d'arbres, attachées par des bandelettes de toile.

Les élégants portaient les bottes en cuir rouge; us avaient le petit chapeau de feutre noir évasé ar le haut et orné, soit d'une boucle de métal, soit d'une plume d'aigle, soit d'une grosse rose de papier.

Les femmes étaient parées de la coiffure des grandes fêtes.

Elles avaient quitté le fichu de coton qui entoure ordinairement le visage de la paysanne russe; elles portaient toutes le *kakoschnik* (1) en velours ou en soie de couleur voyante, brodé d'or et de fausses perles, d'où s'échappaient leurs cheveux nattés en longues tresses, et la *surafane*, robe de soie ou de coton à ramages, sans manches, et laissant passer celles de la chemise, qui tombent plissées sur la main.

Quelques femmes de moujiks riches se tenaient immobiles dans des robes de brocart d'or et d'ar-

(1) Coiffure nationale des femmes russes.

gent, dans leurs souliers rouges brodés de soie blanche; et, tombant du kakoschnik, un long voile les enveloppait tout entières. En avant du cercle, se tenait l'intendant, entouré par les starostes (anciens.)

— Sdorewa rebiata (bonne santé, enfants), s'écria le comte, lorsque la calèche vint tourner devant le château.

— Sdorowie go'aem (nous te souhaitons la santé), répondirent avec ensemble tous les moujiks.

Puis, le comte descendit et se tint debout sur les marches du perron.

Le starosta le plus vieux, et le plus beau parleur surtout, s'avança, une main sur son cœur, portant dans l'autre une coupe de bois contenant du pain et du sel, et l'offrit au comte, en lui souhaitant la bienvenue au nom de tous.

— Barine, tu daignes te souvenir de nous et revenir parmi tes fils; que Dieu te bénisse!

Là-dessus il entama un long discours que le comte subit de la meilleure grâce du monde. Il savait combien tous ces pauvres gens qui écoutaient leur starosta étaient fiers de son éloquence et de ses

hyperboliques compliments. Ils l'avaient choisi
pour son beau langage, et l'orateur ne leur volait
pas leur argent.

— Bratsi (frères), écoutez ce que je vais vous
dire, et pénétrez-vous bien de mes paroles :

Je suis âgé de quarante-cinq ans, trois mois
et huit jours; que ceux d'entre vous qui sont plus
âgés que moi, ne fût-ce que d'une heure, vien-
nent à moi : j'écouterai leurs avis, quand ces avis
seront raisonnables; mais que ceux qui sont plus
jeunes que moi, ne fût-ce que d'une minute, pren-
nent garde.

Je suis votre maître, et mon maître à moi c'est
l'empereur. Je dois obéir à l'empereur, mais ce
n'est pas lui qui commande ici.

Dans ma terre, je représente le czar, et je dois
répondre de vous devant Dieu. Je suis votre père
et je vous ferai toujours bonne justice. Je sais que
ceux qui quittent l'hiver la résidence, pour aller à
Moscou exercer un métier, prospèrent et paient
bien l'obrok; je ne viens pas augmenter vos im-
pôts, mais je ne donnerai plus de permission pour
quitter les villages; j'ai besoin de tout le monde.

Je trouve que l'on ne se marie pas assez cette année. Je suis venu pour vous amener une Barynia que je vais laisser au milieu de vous; la voici, ajouta-t-il, leur présentant Anouchka. Il faudra l'aimer comme vous aimez le czar, notre maître, et que chacun ici se souvienne que l'offenser c'est m'offenser moi-même. Voici tes enfants, Anouchka, Adamnovna Loga. Un formidable hurrah termina le discours (1). Alors commença le baise-main.

Chaque moujik, homme ou femme, s'approchait du comte, s'essuyait les lèvres du revers de la main et baisait celle du comte.

Lorsqu'arrivait devant lui une femme ou une jeune fille qu'il reconnaissait, il s'informait d'elle, de sa famille, avec bonté, et quelquefois il embrassait un enfant dans les bras de sa mère.

Après cette fatigante cérémonie, le comte annonça un repas gigantesque auquel pouvaient prendre part tous les serfs qui étaient venus souhaiter la bienvenue au Barino.

Ils étaient là douze à quinze cents qui s'attablèrent sans un cri, sans une bousculade, sans une

(1) Ce discours est textuellement pris dans les mœurs russes

Chaque moujik s'approchait du comte. (P. 66.)

dispute; le paysan russe est pacifique par nature, et ne comprend pas qu'il soit nécessaire de se battre pour s'amuser.

Le comte visita lui-même la salle de bal, immense pièce consacrée à cet usage, et qu'ornait une bordure de festons de mousseline entremêlés de feuillages; puis il entra au salon, et trouva sa sœur en grande conversation avec une femme en costume de brocart, et dont le kakoschnik était parsemé de grosses turquoises.

—Ah! Marsa, je te cherchais pendant le baisemain, s'écria-t-il en la reconnaissant.

—J'attendais, Excellence, pour vous voir plus à mon aise; et s'avançant vers le comte, elle fit mine de lui prendre la main pour la baiser.

— Non, Marsa, comme autrefois; et il l'embrassa tendrement sur les deux joues. Ton mari, où est-il, je ne l'ai pas vu?

— Un enterrement l'a retenu, mais je l'attends ce soir à Krasnoïdom (1).

— Es-tu toujours heureuse avec ton pope, Marsa? demanda la comtesse.

(1, Nom de la propriété du comte.

— Barynia, vous savez bien que la femme d'ur
pope est trois fois heureuse, selon le proverbe, répondit en riant Marsa.

— Est-ce la certitude que ton mari ne pourra
pas se remarier après toi, et qu'il perdrait sa posi-
tion s'il devenait veuf, qui te donne ce contente-
ment, Marsa?

— Cela d'abord, et ceci ensuite, reprit Marsa en
tendant ses poings; je le tiens, et il le sait bien.

— C'est le monde renversé, dans ton ménage;
et ton mari ne t'aime pas, puisqu'il ne te bat pas.
Ne dites-vous pas cela, vous autres?

— J'ai été élevée auprès de vous, Barynia, j'ai
appris à ne plus penser comme les femmes ordi-
naires.

— Enfin, mon beau-frère le pope est forcé de se
bien conduire? demanda Alexandre Staritzeff.

— Oui, mon petit frère; et puis, je l'aime, moi.

— Naturellement, puisque tu le bats; tu as re-
tourné les choses, voilà tout.

Mademoiselle Lambert, très-étonnée, écoutait ce
dialogue et regardait avec stupéfaction cette belle
moujik qui avait pris, dès son enfance, au contact

de les maîtres, des manières distinguées et aisées, qui savait se tenir sans servilité devant eux, et qui avouait si naïvement qu'elle battait son mari, comme une chose toute naturelle et nécessaire.

En ce moment de grands éclats de rire retentirent sous les fenêtres.

— Voilà le pope, comte, s'écria Anouchka, qui, à genoux sur des coussins, suivait des yeux la scène animée, bruyante qui se passait dans l'avenue.

A ce moment, en effet, s'avançait, au milieu des moujiks qui lui faisaient fête et le saluaient de leurs acclamations, un petit homme trapu, à la large barbe brune, tombant sur sa robe noire; ses longs cheveux plats, suivant les mouvements oscillatoires de sa tête, balayaient le collet de sa robe, tandis que son bonnet, légèrement incliné sur l'oreille, lui donnait un aspect guilleret peu en rapport avec la dignité de son costume.

Ses petits yeux se plissaient et la bouche s'épanouissait en un sourire un peu béat. Il acceptait d'une main incertaine les verres que lui tendaient joyeusement les moujiks ses paroissiens, et répondait gaiement aux propos qui l'assaillaient.

Le brave pope n'était pas à jeun, et malgré des efforts énergiques, sa démarche trahissait le peu de solidité de ses jambes.

— Ivrogne du diable, ne viendra-t-il pas, pendant qu'il peut encore se tenir sur ses pieds? murmurait Marsa, dont les sourcils se froncèrent.

— Allons, ne te fâche pas, Marsa, dit le comte, songe qu'il vient d'un enterrement, qu'il a peut-être béni longuement, et qu'il eût fait une injure affreuse au mort s'il n'avait pas bu et mangé en son honneur.

Le pope fut rejoint par un jeune garçon à l'allure dégagée, dans sa blouse de soie rouge, qui l'entraîna vers le château; et cinq minutes plus tard, le valet annonçait Andreï Andreïnowitch.

Le pope entra, appuyé au bras du jeune homme; sa gaieté de tout à l'heure était tombée, il restait sur le seuil, son bonnet à la main, les yeux baissés, l'air humble.

Le jeune garçon, au contraire, regardait tout le monde, et il répondit par un sourire à un geste de Marsa.

— Entrez donc, Andreï Andreïnowitch, cria le

comte, nous sommes tous fort contents de vous voir.
Nous n'attendions plus que vous pour le souper,
je ne veux pas m'asseoir à table ici, pour la première
fois depuis si longtemps, sans que vous l'ayiez
bénie!

Et pour mettre un peu à l'aise le pauvre pope
qui n'avait reçu que deux fois, depuis son mariage
avec la sœur de lait du comte, semblable invitation,
le comte lui tendit la main et le fit placer près de
lui, affectant de ne point s'apercevoir du vague de
ses yeux, de ses mains tremblantes qui tour-
naient et retournaient en tous sens son bonnet de
pope.

— Mais n'est-ce point Pavel (1), ce grand
garçon-là ? demanda-t-il.

— Oui, Excellence, répondit Marsa, c'est
mon fils.

— Mon filleul ? s'écria la comtesse Sophie ; mais
c'est tout à fait impossible, Marsa. Quel âge a ce
jeune colosse ?

— Quinze ans, ma jolie marraine, répondit Pavel,
qui traversa le salon, vint se mettre à genoux de-

1) Paul en russe; diminutif familier, Paloucha.

vant le canapé où se tenait la comtesse, et lui baisa
la main.

— Cette mauvaise graine, dit la comtesse en
caressant les boucles noires qui encadraient le
visage du jeune garçon, comme cela grandit sans
qu'on s'en doute; au fait, pourquoi ne m'as-tu
jamais écrit, ne m'as-tu jamais rien demandé,
filleul, ne sais-tu pas écrire?

— Pardon, Barynia Sophie Petrowna, je n'ai
besoin de rien que de votre amitié, si vous voulez
bien me l'accorder.

— Voilà un petit pope qui fera son chémin dans
le clergé noir; qu'en dites-vous, Sacha? nous l'aide-
rons, n'est-ce pas?

— Ah! Barynia, s'écria Marsa, dont les yeux
étincelaient, quel honneur si Pavel y pouvait arriver.

Pavel jeta un regard de tendresse vers sa mère,
puis, tandis qu'il secouait la tête, une expression de
gravité triste se répandit sur son visage ordinairement gai et résolu.

— Cette perspective n'a pas l'air de t'enchanter,
Paloucha? demanda le comte. Aimerais-tu mieux

être un simple pope de village qu'un brillant arche
vêque ou un général de moines?

— Ni l'un ni l'autre, Excellence; je ne veux pas
être pope, répondit Pavel sans faire attention aux
signes de sa mère, ni à la stupéfaction de son
père.

— Eh bien! tu choisiras une carrière, Paloucna,
et tu viendras à Pétersbourg, je te promets de
t'aider.

— Merci, marraine vénérée.

— Mademoiselle Lambert, je vous recommande
mon filleul; Anouchka, voilà un compagnon de jeu
tout trouvé, ne le tourmente pas trop; cependant, ne
l'épargne pas non plus; les hommes sont faits
pour ça.

Après cette leçon, la comtesse Sophie releva
Pavel, qui était resté à ses pieds, et lui prenant le
bras :

— Mon frère, je l'emmène souper avec nous;
nous sommes en famille, ce soir.

Le comte offrit la main à mademoiselle Lambert,
et le pope suivit, admonesté par sa femme, qui lui

reprochait vertement une entrée aussi peu conve-
nable pour un dignitaire de l'Eglise.

CHAPITRE VI.

Le comte profita de son séjour sur ses terres
pour visiter ses villages, recevoir les placets de ses
serfs, et écouter les doléances contre ses gardes
forestiers ou son intendant, doléances d'autant plus
véhémentes qu'il savait son factotum honnête, inac-
cessible à la corruption. Le comte connaissait les
mœurs russes, l'entente du moujik avec l'intendant
infidèle qui se fait acheter, ou qui par ses menaces
le tient sous sa dépendance.

— Il est plus fin que nous, dit le serf, puisqu'il
vole impunément le Barine; laissons-le faire, il
nous arriverait malheur.

Le comte se renseigna donc secrètement, et
acquit la certitude qu'il avait eu la main heureuse
en prenant un intendant fidèle, chose rare en
Russie, plus que partout ailleurs.

Il commanda quelques constructions et voulut rendre le plus confortable possible l'habitation du château à sa pupille et à mademoiselle Lambert; il renoua quelques relations de voisinage avec d'anciens amis de sa famille, et il leur recommanda les deux femmes qu'il laissait seules, la comtesse Leinitz ne pouvant se décider à passer plus d'un mois loin de son cher Pétersbourg; comme une femme illustre qui prétendait mourir de chagrin de ne plus voir son ruisseau de la rue du Bac, la comtesse, aurait dit :

— J'aime tout de Pétersbourg, jusqu'à sa boue glacée.

Cependant, malgré sa vie trop mondaine et les idées frivoles qui en étaient la suite, la comtesse Leinitz avait conservé un sentiment sérieux : c'était son amitié pour son frère, amitié tendre et profonde qui avait survécu à tout, même à l'éloignement, chose inouïe avec le caractère léger de la comtesse. Elle était fière de son frère, de ses talents comme diplomate, de sa haute mine, de son grand cœur, et disait souvent qu'il n'y avait plus qu'un gentilhomme en Russie, et que c'était lui.

Elle consentit donc facilement à passer à Staritza, dans une quasi solitude pour elle, le temps qu'il devait consacrer à ses affaires personnelles, et tandis qu'il faisait de longues courses à cheval pour visiter ses nombreux villages, parfois très-éloignés les uns des autres, elle recevait des amis, faisait la sieste, et, la grande chaleur du jour tombée, prenant dans sa calèche mademoiselle Lambert, Annette, quelquefois Marsa, ou Pavel, elle parcourait les longues avenues du bois qui entourait le village et le parc de Krasnoïdom.

Un soir, rentrant au pas, après une grande promenade, la calèche fut tout à coup arrêtée par une longue file de jeunes moujiks se tenant par la main qui barrait complètement la route. Elles allaient, en chantant sur un mode lent et doux, à la rencontre d'un chœur pareil qui, venant en sens inverse, répondait à une strophe par une autre strophe; quelques jeunes gens derrière accompagnaient sur de longues balalaïkas (1).

— Ah! les Vesuyanki (2), s'écria la comtesse.

(1) Espèce de guitare.
(2) Chants du printemps des paysans russes.

Elles allaient en chantant.   (P. 76.)

RF

Arrête, cocher. Vous, mes colombes, continuez, fit-elle, s'adressant aux jeunes filles qui cessaient leurs chants par respect pour la Barynia; continuez, enfants, vous me rajeunissez; moi aussi, autrefois j'ai chanté avec vous les Vesuyanki.

Et les jeunes filles se balançant légèrement, avec leurs longues nattes flottant derrière elles, de leurs pieds nus touchant à peine le sol, semblables à de jeunes Grecques des théories antiques, reprirent le chant du printemps.

« Viens, ô printemps, beau printemps, viens avec joie, viens avec du lin élevé et du blé abondant. »

Annette battait des mains, mademoiselle Lambert écoutait, charmée, séduite par la douceur du chant et la grâce du tableau qu'elle avait sous les yeux.

— Que dites-vous de nos chants, mademoiselle Lambert? demanda la comtesse, lorsque le chœur se fut éloigné et que les jeunes filles, tournant autour du village, eurent disparu.

— Je ne croyais pas, comtesse Leinitz, trouver la Grèce sous le ciel de Moscou; ces mélodies sont charmantes dans leur naïveté, ces voix sont harmonieuses et justes; je savais le peuple russe bien organisé pour la musique, mais je ne pouvais me douter que des pauvres filles des champs comme celles-ci pussent arriver au beau par de si simples moyens.

— Que cette chanson est belle! s'écriait Annette enthousiasmée. Ah! Mademoiselle, vous m'apprendrez tout ça, je veux savoir bien vite la musique. Comtesse vénérée, vous me permettrez de chanter avec elles, n'est-ce pas? de danser aussi pieds nus? oh! ce doit être si gentil!

— Mais voyez cette petite bohémienne, répondit la comtesse en riant; il ferait beau voir que mon frère te surprît, Anouchka, t'ébaudissant avec ses moujiks. Non, prends-en de suite ton parti, petite, tu ne danseras pas nu-pieds sur les cailloux, il faut renoncer à ce bonheur; quant à la musique, Lambert t'apprendra tous les opéras italiens et français qu'elle sait, et les Vesuyanki par-dessus le marché, si tu y tiens.

— Surtout les Vesuyanki, supplia Annette, c'est si beau les chants de notre Russie!

— Fais-moi penser, petite enthousiaste, à faire chercher de vieux cahiers d'airs anciens, tu les chanteras avec Pavel; il a une jolie voix, ce garçon, autrefois il faisait merveille à l'église le dimanche. Mais voici la nuit tombée, rentrons vite, j'attends des amis à souper.

Quelques jours après cette soirée, Annette et mademoiselle Lambert, chargées par la comtesse d'un message pour la femme du pope, se préparèrent à se rendre au village. La comtesse avait commandé qu'on attelât pour elles; mais mademoiselle Lambert, qui ne voulait pas habituer son élève à cette indolence des femmes de l'aristocratie russe, qui ne peuvent faire un kilomètre à pied sans fatigue, refusa, et toutes deux partirent gaiement, espérant entendre peut-être encore les chansons des paysannes. Mais quel changement au village! au lieu des jeunes filles, elles trouvèrent sur la place, devant la maison commune ou mairie, un groupe nombreux d'hommes de tous âges. Il en sortait des cris, des vociférations, des imprécations. Andreï Andreïnowitch allait de l'un à l'autre, essayant de calmer celui-là par de bonnes paroles,

ot gourmandant celui-ci en manière de consola-
tion; quelques femmes, leurs bras sur la tête, à
enoux sur la terre, se lamentaient, et répondaient
à toutes les paroles du bon pope :

— Ah! c'est fini, vois-tu, nous ne les verrons
plus maintenant!

Mademoiselle Lambert, tenant Annette par la
main, traversa la place, se frayant un passage parmi
les moujiks, qui se rangèrent, donnant à leurs
physionomies furieuses ou attristées l'impassibilité
du respect; elles gagnèrent l'isbah peinte en rouge
dont le comte avait fait présent à sa sœur de lait,
comme cadeau de noce, et trouvèrent là encore les
traces d'un bouleversement dans les habitudes de
vie calme et régulière de Marsa.

Elle essayait aussi de consoler quelques femmes
qui l'entouraient, et qu'elle congédia en voyant
paraître mademoiselle Lambert.

— Que voulez-vous que j'y fasse, disait la
femme du pope, pourquoi sont-ils si mauvais? Si
on vous les laissait, demain vous en seriez fâchées;
et répondant à une femme qui lui montrait Annette
en clignant des yeux :

— Non, c'est inutile, conclut-elle, autant vaudrait poursuivre le vent dans les steppes. Sur ce proverbe elle ferma la porte et revint vers ses visiteuses, s'excusant de les recevoir si mal.

— Que signifie tout ceci, ma bonne Marsa? demanda l'institutrice, pourquoi ces pauvres femmes paraissent-elles si désolées?

— Ah! Mademoiselle, c'était bien pis ce matin! maintenant chacun commence à s'habituer à ce départ; mais c'est dur, allez, de quitter son isbah, sa famille, son pays, pour vingt-cinq ans, pour toujours peut-être, car qui sait si de tous ces garçons qui vont partir, il en reviendra beaucoup.

— Expliquez-vous, Marsa, je ne comprends pas, dit mademoiselle Lambert; qui donc doit partir?

— Ne savez-vous pas, Mademoiselle, que c'est aujourd'hui que les starostes fixent définitivement les noms des jeunes gens en état de servir le czar?

— Et ne savez-vous pas, fit le pope, qui entrait avec son fils pendant l'explication de Marsa, comment se fait cette répartition?

— N'est-ce pas le sort qui décide? demanda mademoiselle Lambert.

— Non, Mademoiselle ; les starostes se réunissent sous la présidence du plus ancien ; pendant plusieurs jours ils discutent les noms des plus méritants, ou plutôt, fit le pope avec un sourire, les noms des moins méritants ; car vous pensez bien que nos starostes ne livrent pour l'armée que les paresseux, les ivrognes, enfin les non-valeurs dont la commune veut se débarrasser, ou les indisciplinés qu'elle espère rendre souples. Mais, hélas ! pour être starostes, ce ne sont pas moins des hommes que nos maîtres ; il se commet donc quelquefois des injustices ; des passions haineuses se démasquent, des vengeances s'exercent, et alors de braves garçons, utiles à leur famille, se trouvent sur la fatale liste et deviennent soldats, malgré toutes les réclamations et les plaintes.

— Alors, Andreï Andreïnowitch, vous n'avez donc à l'armée que des mauvais sujets, sauf quelques exceptions ? demanda mademoiselle Lambert.

— Ah ! Mademoiselle, les garçons indisciplinés sont vite soumis, comprimés qu'ils sont par le régime de fer sous lequel ils vivent. Et puis, dans les terres qui appartiennent directement à la couronne, chaque paysan doit un fils, ce qui donne une moyenne de bons et beaux garçons.

— Les starostes sont-ils chargés par tout l'empire du recrutement? interrogea mademoiselle Lambert.

— Il y a des terres, Mademoiselle, qui ne doivent aucun service d'hommes; celles du comte, qui ont fait partie autrefois des domaines des czars de Moscou, sont soumises à cette redevance. Le recrutement se fait autrement pour les Cosaques du Don, autrement encore pour les Tartars de Kazan ou les Nogaïs de la basse Crimée. Notre empire est composé de tant d'agglomération de peuples et de peuplades, qu'il a bien fallu approprier à chacun le mode qui lui était le plus avantageux ou le plus pratique.

Mademoiselle Lambert s'informa encore de la vie militaire en Russie, et tandis que le pope entrai dans de grandes explications, Pavel s'approchant timidement d'Annette, lui demanda si elle ne voulait pas voir les trois beaux petits chevaux que le comte avait envoyés le matin pour la troïka de son père.

Annette répondit qu'elle aimait beaucoup les chevaux, et que cela lui ferait plaisir.

Les deux enfants, se tenant par la main, sortirent de la chambre, traversèrent une cour intérieure sur laquelle tous les bâtiments avaient une sortie, et entrèrent dans l'écurie fort bien tenue du pope.

Paul montra à Annette le présent du comte, lui fit admirer les jolis harnais garnis d'argent, et les colliers de cuir rouge qui devaient enserrer les cous fins et nerveux des petits chevaux du pays; puis la visite finie, il lui proposa de venir au jardin chercher quelques fraises; et, quittant la cour par une petite terrasse, les deux enfants se trouvèrent dans un jardin assez vaste, d'aspect un peu sauvage; les fleurs y croissaient sans art, au milieu des fruits; les plates-bandes et les allées étaient envahies par une herbe haute et drue dans laquelle se roulaient chèvres et moutons, et où caquetaient pêle-mêle poulets et canards.

Annette se déclara enchantée de ce parc villageois qui faisait contraste avec les pelouses à la française du château; elle courait, poussant des exclamations de joie à chaque petite fraise que Pavel découvrait dans un carré à grand'peine protégé du brigandage des hôtes habituels du jardin par une mince clôture. Lorsqu'ils eurent rempli une large feuille de ces petites fraises. Annette s'assit dans l'herbe, et Pavel, cherchant les plus belles, les lui offrait, lui disant qu'elles avaient un goût particulier fort apprécié des poulets des environs, qui faisaient des bassesses pour traverser la haie et venir les manger.

Annette ne put s'empêcher de rire de bon cœur à cette idée de la drôle de figure que devait avoir une poule mangeant des fraises, Pavel riait avec elle; mais ils s'arrêtèrent tout surpris, il leur semblait entendre des gémissements et des sanglots tout près d'eux, derrière la clôture qui séparait le jardin du pope de celui du voisin.

Pavel s'élança, poussa une petite porte et regarda; de l'autre côté, une jeune fille un peu plus âgée qu'Annette, le visage contre terre, couchée tout de son long dans l'herbe, pleurait et se lamentait.

En un instant Pavel fut agenouillé près d'elle.

— Qu'as-tu, Macha? demanda-t-il, ton père

est-il malade, Nick est-il blessé? Parle-moi, parle donc.

Et il secouait la jeune fille, qui ne semblait pas même l'entendre, et continuait à se plaindre, répétant toujours :

— Saint Nicolas, et vous saint Georges, pourquoi êtes-vous si cruels pour nous? Que me reprochez-vous, n'ai-je pas fait régulièrement mes poklonys (1) devant vous? N'ai-je pas acheté une belle lampe pour la Panagia? Méchants! que vouliez-vous donc?

Annette écoutait, toute surprise, cette grande moujik qui se lamentait comme une enfant.

— Qu'a-t-elle donc, Pavel? demanda-t-elle. Pauvre fille, pourquoi pleure-t-elle?

Enfin la jeune fille parut remarquer la présence de Pavel; se soulevant, essuyant ses yeux que les larmes obscurcissaient :

— Que dis-tu de ça, Pavel Andreïnowitch? qui aurait cru que ces starostes auraient osé le mettre sur la liste?

(1) C'est-à-dire chaque matin trois saluts devant les saintes images.

— Qui donc est sur la liste, Macha? Ce n'est pas Piotr, au moins? demanda Pavel anxieusement.

— Si, Pavel; si, c'est lui, il doit partir. Comment vivrons-nous? Comment paierons-nous l'obrok au seigneur? Oh! quel malheur, Pavel Andreïnowitch!

Et se couvrant la figure avec ses mains, elle se remit à sangloter.

— Qui est ce Piotr? demanda tout bas Annette, très-émue par cette grande douleur.

— C'est son frère, Barynia, un brave garçon, le soutien de son père aveugle, et qui ne devait certes pas s'attendre à partir pour l'armée.

Puis s'adressant à Macha :

— Voyons, Macha, ne pleure pas ainsi, explique-toi; pourquoi Piotr est-il sur la liste?

— C'est la volonté de Dieu, qu'y pouvons-nous faire? repartit Macha d'un air découragé.

— Je t'ai demandé qui l'a mis sur la liste, Macha, continua Pavel en insistant.

— C'est le staroste Grégoire.

— Pourquoi?

— Ah! voilà : lui et Piotr ont eu une querelle ensemble, il y a un an, dans un tracktir des environs;

5

Piotr avait eu le dessus, l'autre ne l'a pas oublié, et aujourd'hui il se venge.

— Ton père a réclamé, n'est-ce pas, Macha?

— Oui, Pavel, ce matin; mais ils n'ont pas voulu l'écouter, et comme Piotr l'accompagnait, ils ort dit au père que c'était lui qui le forçait à cette démarche; et qu'une fois parti, il serait enchanté de son départ; tu sais si c'est mensonger, Pavel Andreïnowitch? Celui que Dieu a frappé, fit Macha avec crainte et en se signant, celui qui ne voit plus le ciel bleu de l'été, ni la terre blanche de l'hiver, celui qui n'a plus que ce bonheur au monde, entendre son fils lui parler des travaux de chaque jour, que deviendra-t-il, Pavel? Si la voix de Piotr disparaît à son tour, comme ont disparu le ciel bleu et la terre blanche, vois-tu, Pavel, il en mourra.

Pavel, trop ému pour répondre, serrait les mains de la pauvre fille sans rien dire, et Annette avait de grosses larmes qui tombaient de ses yeux sans qu'elle les sentît.

— Pauvre Macha, n'y a-t-il aucun moyen de

garder ton frère? demanda-t-elle, se penchant vers la jeune fille.

Celle-ci releva brusquement la tête à cette voix, qu'elle parut entendre pour la première fois; elle regarda avec étonnement l'enfant qui lui parlait, et se tournant vers Pavel, elle dit pour la seconde fois avec ce fatalisme du caractère russe :

— C'est la volonté de Dieu! qu'y pouvons-nous?

— Dieu a dit : Aide-toi, je t'aiderai, Macha, reprit Annette.

Puis saisie d'une inspiration :

— Pavel, s'écria-t-elle, le comte Staritzeff est maître ici, n'est-ce pas; toutes les âmes sont à lui?

— Oui, Barynia Anouchka, répondit Pavel.

— Mais alors, s'il le veut, il peut empêcher Piotr de partir; ah! quel bonheur! Je vais lui demander de laisser Piotr ici; vous verrez qu'il voudra bien. Macha, ne pleure plus, va, il voudra bien, il est si bon.

Et Annette se mit à battre des mains en sautant de joie.

Macha s'était levée toute droite, crachant devant elle en signe de profond étonnement.

— C'est donc la nouvelle Barynia? demanda-t-elle à Pavel, qui répondit d'un signe.

Alors Macha s'agenouilla devant Annette, lui prit les mains qu'elle baisa, les mit sur sa tête avec soumission.

— Essaye, Barynia, s'écriait-elle, Dieu et saint Georges te protégeront. Le Barine l'a bien dit, le soir de ton arrivée, que tu allais être notre mère à tous. Mais oseras-tu, Barynia, les colombes n'ont donc plus peur de l'aigle? acheva-t-elle dans le langage imagé si familier au peuple russe.

— Pavel, viens vite, accompagne-moi, dit Annette; allons chercher mademoiselle Lambert.

Elle s'arrêta interdite devant l'air indécis et embarrassé de Pavel.

— Le comte Staritzeff ne s'occupe jamais de ces questions sur ses terres, Barynia, dit-il; puis je n'oserai jamais lui en parler.

Le fait est que Pavel, ce garçon si résolu avec tout le monde et devant toutes choses, était timide et gauche en face du comte; il reconnaissait dans le

Alors Macha s'agenouilla devant Annette.   (P. 10.)

comte une nature supérieure, et cette grande supériorité lui en imposait singulièrement.

En ce moment le trot relevé d'un cheval se fit entendre sur la route qui tournait derrière le jardin, se rapprochant de minute en minute.

— Voilà le Barine qui rentre, fit Pavel en écoutant.

— Eh bien! je vais le lui demander toute seule, puisque vous avez si peur tous les deux, cria Annette résolûment.

Et elle s'élança en courant vers la maison, suivie par Pavel, qui ne voulut pas avoir l'air d'un peureux. Ils traversèrent comme une trombe la salle commune, faisant pousser trois exclamations de surprise sur leur passage, sortirent comme un ouragan, et arrivèrent sur la place juste à l'instant où le comte la traversait, salué profondément par les moujiks qui devisaient encore du grand événement du matin. Annette se précipita au devant de lui.

— Comte Alexandre Staritzeff, criait-elle, arrêtez.

Il se retourna, surpris de la voir ainsi tout à coup à son côté.

— Bonjour, petite Annouchka, lui dit-il gaiement
en lui caressant la joue du bout de sa cravache;
mais qu'y a-t-il? Pourquoi ce trouble, mon enfant?
continua-t-il en remarquant qu'Annette faisait de
vains efforts pour parler, pressant sa poitrine à
deux mains sans pouvoir reprendre haleine, tant
elle avait couru vite.

Il interrogea Pavel du regard; mais le jeune
garçon, repris par sa timidité insurmontable en
face du comte, se tenait immobile derrière Annette,
les yeux baissés, sans témoigner la moindre envie
de s'expliquer; le comte attendit donc en souriant
qu'Annette se fût calmée.

— Excellence, s'écria Annette lorsqu'elle put
enfin articuler un mot, ne laissez pas partir Piotr
pour l'armée; oh! je vous en supplie, comte, cela
fait tant de peine à Macha! Et puis, le père de Piotr
est aveugle, vous savez. Et puis, c'est un très-bon
sujet que Piotr, qui ne boit jamais. Et puis, son
père en mourra s'il part! Macha en est sûre.
Excellence, vous voulez bien m'accorder sa grâce,
n'est-ce pas? Oh! dites oui, je vous en supplie,
tenez, à genoux.

Et joignant les mains, l'enfant allait s'agenouiller; le comte, en se penchant vivement sur sa
selle, la retint.

— Mais, avant tout, fit-il en souriant de la re-
quête et de la façon naïve dont elle était présentée,
qui est Piotr?

— Mais, Piotr, c'est le frère de Macha, répondit
Annette pleine de gravité.

— J'entends bien; mais, maintenant, qui est
Macha?

— Macha, c'est...

— C'est la sœur de Piotr, acheva le comte, riant
tout à fait; puis remarquant la confusion qui
assombrissait le visage d'Anouchka, tout à l'heure
si brillant d'espérance : Il me semble, mon enfant,
que tu ne connais pas très-bien tes protégés, lui
dit-il avec bonté; peux-tu me promettre au moins
qu'ils sont dignes de la grâce que tu sollicites pour
eux?

— Oh! oui, Excellence! D'ailleurs, Pavel les
connaît, lui; mais parle donc, Pavel, dis donc ce
que tu sais, fit Annette, secouant le bras du jeune
garçon.

— Peux-tu me répondre de ce Piotr, Pavel? demanda le comte; je croirai ta réponse, tu es un garçon sérieux pour ton âge; ton père estime-t-il ce Piotr?

— Je réponds de Piotr, comte Alexandre Staritzeff, répliqua Pavel avec solennité, c'est une horrible injustice de l'avoir mis sur la liste, c'est un brave garçon, le soutien de son père, le vieux Rufin, que vous connaissez bien, Excellence.

— Oui, c'est vrai, dit le comte en réfléchissant, je me souviens du vieux Rufin Pétrousky. Eh bien! puisque tu me réponds de Piotr, Pavel, et que tu demandes sa grâce, Anouchka, que Piotr ne parte pas, enfants; qu'il m'apporte sa supplique demain, j'ordonnerai aux starostes de le remplacer. Ce sera toi, petite Barynia, qui feras grâce cette fois.

— Merci, comte, quel bonheur! Comme je suis contente, s'écria Annette, sautant de joie et envoyant des baisers au comte, qui s'éloignait.

— Que Dieu bénisse le Barine, dit Pavel gravement.

Macha, qui avait suivi des yeux toute cette scène, timidement cachée au coin du chemin, passa

du désespoir le plus violent à la joie la plus
exaltée; elle riait et pleurait tout à la fois, baisant
l'épaule, les mains et la robe d'Anouchka.

—Ah! le proverbe est vrai, qui dit : Qu'une
femme tire plus avec un seul cheveu, que quatre
bœufs à la charrue, s'écria-t-elle en riant de toutes
ses forces.

Puis, se souvenant tout à coup de son père et de
Piotr, encore plongés dans le chagrin, elle partit en
courant, les bras en l'air.

— Que veut-elle donc dire avec son proverbe,
Pavel? demanda Anouchka en riant : Une femme
tire plus avec un seul cheveu, que quatre bœufs à
la charrue.

—Elle veut dire, Barynia, qu'une femme avec sa
douceur, sa patience et sa bonté, peut faire plus de
besogne et de bien que la force de quatre bœufs.

Le lendemain, toute fière, Anouchka précéda dans
le cabinet du Barine Piotr et son père, qui vinrent
apporter leur supplique.

Piotr, petit moujik trapu à l'air honnête et franc,
plut au comte; il lui présenta sa supplique, la

tenant sur sa tête, selon l'usage, et à genoux devant son maître.

Le comte lui dit que la Barynia seule l'empêchait de partir, et que c'était elle qu'il devait remercier. Annette reçut son hommage avec une gravité comique, qui amusa fort le comte; elle promit sa protection au vieux Rufin, auquel le Barine permit de lui baiser la main.

— Ah! Excellence, dit Anouchka, quand ses protégés furent partis, il me semble que je vous aime encore mieux à présent.

CHAPITRE VII.

La veille du départ de la comtesse Leinitz, que le comte reconduisait à Pétersbourg avant de s'embarquer lui-même pour rejoindre son poste à Constantinople, mademoiselle Lambert sollicita un instant d'entretien particulier.

— Vous m'avez donné une jeune fille à élever, comte, lui dit-elle; je l'aime déjà comme si elle était à moi; je ferai donc de mon mieux pour former son esprit et son cœur; mais il faut que je sache de quelle façon vous entendez son éducation, et ce que vous voulez faire d'elle plus tard. Je la sais sans fortune, sans protection autre que la vôtre; faut-il en faire une artiste ou une institutrice? Comptez-vous la doter et la marier modestement, ou?...

— Non, ma chère Lambert, je ne veux rien de tout cela, et aucune de vos hypothèses n'est juste; élevez Anouchka en grande dame; qu'elle soit aussi bonne musicienne qu'une artiste, que vous, ma chère amie; qu'elle ait du talent, si vous pouvez, cela ne fera qu'ajouter un charme de plus à sa personne; mais ne lui dites jamais qu'elle doit un jour sortir de ce château pour gagner sa vie; j'espère marier Anouchka dans notre monde. Soyez donc sans inquiétude, chère Lambert, pour votre élève; la fille d'Adam Loga sera mon héritière, si je ne me marie pas, ce qui me semble probable; et encore, dans ce cas, Anouchka est ici chez elle, Krasnoïdom lui appartiendra le jour de son mariage.

Mademoiselle Lambert remercia vivement le

comte de sa généreuse bonté, et complètement rassurée sur le sort de sa chère Annette, elle traça un
plan sérieux d'éducation. Il fallait que la jeune fille
fût digne des hautes destinées que son protecteur
rêvait pour elle.

Après le départ du comte Alexandre Staritzeff et
de sa sœur, la vie à Krasnoïdom prit une tranquille uniformité.

Elle se passait en leçons données par mademoiselle Lambert, et reçues par son élève avec une ardeur et une intelligence surprenantes; on faisait de
longues promenades dans les jardins qui entouraient Krasnoïdom, ou des visites dans les villages
du comte, ou bien on allait assister à un baptême
ou à la bénédiction dans un isbah de quelque
image sainte que l'on installait dans le khivot (1).

Lorsqu'arriva l'hiver, la bonne saison pour le
Russe, commencèrent les parties de patinage, ou
les courses vertigineuses sur le traîneau bas et
léger des provinces moscovites.

Mademoiselle Lambert, qui vivait depuis dix ans
si seule, au milieu de tout ce monde qui entourait

(1) Le khivot est une niche réservée aux saints.

sa vieille princesse, s'était prise de passion pour
cette enfant bonne et tendre, qui l'appelait si gen-
timent sa chère Lambert, ou sa bonne petite
matruschka, en imitant le parler lent et caressant
de Marsa.

Andreï, le pope, venait souvent avec sa femme
passer la soirée à Krasnoïdom; il s'était familiarisé
avec le château. C'était, au demeurant, un bon
hómme, quoiqu'il aimât trop le vodka (1).

Quand il avait trop bu, sa femme le couchait, et
arrivait au château en déclarant qu'après tout
Pavel avait bien raison de ne pas vouloir être pope,
qu'elle ne pouvait pas les souffrir. Pavel, lui, était
le compagnon inséparable d'Annette; la comtesse
n'avait-elle pas dit :

— Voilà un compagnon de jeu tout trouvé!

Pas de promenade sans Paloucha; il portait
dans ses bras Anouchka, aussitôt qu'elle se disait
un peu fatiguée.

Fallait-il traverser un ruisseau dont la glace
n'avait pas encore été éprouvée, il s'élançait en
avant, franchissait l'obstacle, et revenait chercher

(1) Eau-de-vie de grain très-violente.

l'enfant lorsqu'il était sûr qu'il n'y avait aucun danger de salir ses petites bottes.

Il conduisait toujours le traîneau de mademoiselle Lambert, et les deux chevaux favoris d'Anouchka, deux petits diables de l'Ukraine, n'obéissaient qu'à lui.

Tandis que la fillette prenait ses leçons, il passait de longues heures assis sur le tapis à lui tailler de petites figurines ou de grotesques portraits de gens qu'elle avait vus, et dont elle s'était amusée.

Il travaillait le bois avec une adresse incomparable, et c'était bien à lui que l'on pouvait appliquer le dicton russe, qui prétend que chaque moujik est né avec sa hache sous le bras.

Il fit un jour pour Anouchka une ravissante balalaïka qu'il peignit en rouge, et courut à cent verstes chercher de l'or moulu pour l'orner; l'enfant lui apprit à en jouer. Après quelques leçons, il l'accompagnait, chantant sa vieille petite chanson :

« L'oiseau est bien dans une cage d'or, il est » mieux sur une branche verte. »

— Vous avez un goût naturel, dit mademoiselle Lambert à Pavel, et vous devriez travailler le dessin;

voulez-vous accepter mes conseils? Je vous appren-
drai au moins les principes, et j'ai des modèles que
vous pourrez copier.

Pavel accepta avec reconnaissance, et partagea
les leçons d'Anouchka.

Un jour, mademoiselle Lambert fut toute surprise de le voir secouer les grosses boucles noires
qui tombaient en désordre sur son front, et de l'entendre reprendre en rougissant Anouchka, qui se
trompait sur l'étymologie d'un mot russe.

— Je sais le vieux slave, répondit-il à l'obser-
vation de l'institutrice, mon père l'a appris autrefois au séminaire. N'en a-t-il pas besoin pour nos
prières, qui se disent dans cette langue? J'ai re-
trouvé ses livres, et je m'en suis servi.

J'écoute aussi vos leçons, Mademoiselle, et je
serais bien heureux si je pouvais les suivre.

A dater de ce jour, il assista à toutes les études;
et ce grand garçon de seize ans, naïf comme un
enfant, quittait la leçon de français pour courir
avec sa carabine, souvent tout un jour et une nuit,
avec de jeunes moujiks, soit à une battue de loups,
soit à la poursuite d'un ours, dont il rapportait

simplement la peau à ses amies, tout étonné que mademoiselle Lambert l'appelât extravagant et stupide garçon de s'exposer ainsi sans raison.

Mais si Anouchka, souriant, mettait, en se haussant sur la pointe de ses pieds, ses petites mains sur ses épaules, en l'appelant son brave Paloucha, il sentait son cœur se gonfler de joie et d'orgueil, et avait toutes les peines du monde à s'empêcher de pleurer de bonheur.

Il courait à sa mère, se jetait dans ses bras et la serrait à l'étouffer.

Son père souriait et disait naïvement :

— C'est drôle, comme Pavel aime à tuer les ours !

CHAPITRE VIII.

Grâce à la libéralité du comte, qui avait généreusement doté sa sœur de lait, la famille d'Andreï Andreïnowitch était loin de ressembler à celles des popes de village, auxquelles le mince traitement du chef de famille permet à peine de ne pas mourir de faim.

Marsa et Andreï adoraient leur fils ; ils rêvaient pour lui les honneurs du clergé noir, et espéraient, avec la protection du comte, pouvoir faire entrer Pavel dans un séminaire riche et lettré, d'où il pourrait sortir moine, soit dans le beau couvent des environs de Moscou, où la vie est si douce et les pèlerins si nombreux, soit comme diacre d'un archevêque ; mais Pavel refusait de quitter ses parents, et eux n'avaient pas le courage de se séparer de lui, et pour toujours peut-être. Ils étaient si heureux tous trois.

Andreï Andreïnowitch était aimé de ses fidèles, et plus estimé d'eux que ne le sont ordinairement les popes, que leur misère met trop à leur niveau et sous leur dépendance. Puis, Pavel savait au besoin faire respecter le pope. Une fois, un camarade avait répondu à une invitation par le proverbe populaire :

« Je ne suis pas un pope, pour dîner deux fois. »

Il avait reçu une telle avalanche de soufflets que

chacun se tint pour dit, depuis, que Pavel Andreïnowitch entendait qu'on ne parlât qu'avec égards du
pope et de sa profession.

En revenant d'une visite et d'une cérémonie de
fiançailles chez de riches serfs, dans l'hiver qui
suivit celui de l'arrivée de la pupille du comte,
Pavel conduisait le traîneau où se trouvaient mademoiselle Lambert et Anouchka. Un peu en
arrière suivait l'intendant, menant le pope et
Marsa, lorsque tout à coup Pavel sauta à terre, et
poussant une exclamation de joie, fit quelques pas
sur la glace et revint vers le traîneau arrêté.

— Venez voir, s'écriait-il, la fleur, la fleur de
neige épanouie et superbe.

Et du doigt il montrait, émergeant du blanc
tapis où elle semblait avoir pris racine, une tige
aussi blanche que la neige, d'où elle s'élançait,
portant à son extrémité de petites feuilles blanches,
semblables à une cristallisation neigeuse.

C'était cette fleur, qui, apportée et fleurie plus
tard à Pétersbourg, fut appelée fleur de neige,
ainsi que la nommaient déjà les rares paysans qui
l'avaient aperçue.

Elle sort de terre, un matin, s'épanouit, et meurt le lendemain; elle disparaît sans laisser trace de sa vie et de sa floraison. Andreï l'avait déjà rencontrée une fois; mais ni Marsa, ni mademoiselle Lambert, ni Anouchka ne l'avaient jamais vue.

Pavel, sur le désir exprimé par Anouchka, l'enleva avec toute la neige qui l'entourait, et la mit dans le traineau pour la transplanter dans le jardin de Krasnoïdom.

— Cela est inutile, Barynia, dit le pope, cette fleur sera morte demain, elle ne vit jamais plus d'un jour.

— Je la soignerai tant!

— Rien n'y fera, elle ne peut durer davantage.

Les traîneaux repartirent, Annette soutenant la fragile plante, qui fut placée devant le perron, où l'enfant resta longtemps en contemplation. Pavel vint plusieurs fois la chercher de la part de mademoiselle Lambert, qui craignait qu'elle ne prît mal, ainsi exposée au froid.

— Mademoiselle Lambert et toi, Pavel, lui dit-elle, vous oubliez trop que je suis une Russe, et que le froid est mon ami.

Puis, comme il insistait, elle ajouta :

— Tiens, Pavel, tu m'agaces à la fin.

Et pour le taquiner, sournoisement elle dit :

— Vois-tu, Pavel, mon amitié pour toi ne durera pas plus que cette plante : demain je ne t'aimerai plus.

Et elle rentra en riant de son air penaud.

Le lendemain matin, Anouchka, en allant voir ce qu'était devenue la belle plante inconnue, l'aperçut plus vivace, plus fraîche, plus blanche que jamais ; en s'approchant davantage, elle vit que l'on avait substitué une copie exacte à la véritable fleur de neige, copie faite avec cet albâtre tendre dont on se sert en Russie pour orner les autels des saints de la famille.

Pavel avait passé la nuit, subissant vingt degrés de froid, à exécuter sa fleur.

— Te voilà forcée, lui dit-il en paraissant à ses côtés, de m'aimer encore aujourd'hui ; vois, elle n'est pas morte, ta fleur de neige !

— Qui peut m'empêcher de briser celle-ci, si je veux ? dit-elle avec hauteur.

—Ah! Anouchka, tu ne le ferais pas, reprit-il
en pâlissant, j'en mourrais.

—Qu'est-ce qu'une pareille exagération de langage? dit tout à coup derrière eux la voix de mademoiselle Lambert. Ta fleur d'albâtre est fort jolie,
Paloucha, et Anouchka n'a nulle envie de la briser.
Toi, mon enfant, cesse de tourmenter ce brave garçons, et remercie-le.

Elle fit transporter au salon la petite maquette,
et en admira la délicatesse et la grâce.

—Allons, tends la main à ton ami, Annette, et
prenons notre leçon de mathématiques, cela nous
reposera, et te rendra moins exalté, Paloucha. Dans
la journée, tandis qu'Anouchka jouait une sonate
de Beethoven, et que Pavel lui tournait les pages,
mademoiselle Lambert se rendit au village, et entra
chez Andreï Andreïnowitch; elle s'assit, causa tranquillement avec le pope et sa femme, accepta la
tasse de thé qu'ils lui offrirent, et tout à coup
leur dit :

—Savez-vous qu'Anouchka aura seize ans ce
printemps prochain?

—La petite colombe a bien grandi et bien embelli, depuis qu'elle est notre petite chérie, répondit Marsa.

— Quel âge a donc votre Pavel ? Le voilà presque un homme, maintenant ; ne pensez-vous pas qu'il serait temps de le faire entrer au séminaire ? Voulez-vous que j'écrive à votre frère de lait, Marsa ?

— Pavel a dix-huit ans, mademoiselle Lambert, dit le pope, qui avait été chercher un vieux livre de liturgie à la marge duquel il inscrivait les événements de famille ; oui, vous avez raison, Mademoiselle, il est temps qu'il commence ses études. A son âge, moi, j'entrais au séminaire ; il va falloir nous séparer de lui, Marsa, ma petite mère, acheva-t-il avec un soupir.

— Pourquoi déjà ? demanda Marsa, rien ne presse. On entre à tout âge dans le clergé noir, et ce n'est pas si jeune qu'il peut espérer les honneurs que je rêve pour lui. Nous sommes à notre aise, Pavel est notre unique enfant, rien ne presse, mademoiselle Lambert.

— Vous avez peut-être tort de penser ainsi, Marsa ; Pavel est dans l'âge où l'on embrasse avec enthousiasme une profession qui doit vous sevrer des joies de la famille, joies qu'il comprendra plus tard, et qu'il ne voudra pas abandonner pour un rêve ambitieux.

Il sait maintenant très-bien le français, pa le l'allemand avec la femme de chambre d'Anouckha aussi bien qu'elle, connaît plus d'histoire et de littérature qu'un garçon de son âge qui sort d'une école publique; je vous assure que c'est le moment d'entrer au séminaire. Pensez-y tous deux; le comte, dans sa dernière lettre, m'annonçait sa visite prochaine. Décidez ce que vous voulez faire; vous savez bien, Marsa, que votre frère vous aime, et que la comtesse Leinitz s'intéresse à son filleul.

— Mais, interrompit timidement le pope, Pavel t qu'il ne veut pas être prêtre.

— Alors, mon cher Andreï Andreïnowitch, cherchez-lui vite une autre profession. Faites-en un marchand, un industriel à Moscou; mais ne laissez pas les belles qualités de votre fils se perdre et s'atrophier dans l'oisiveté et l'inaction.

Mademoiselle Lambert n'insista pas davantage.

pour le moment; mais elle se promit de revenir à la charge.

CHAPITRE IX.

Le carême fut long, et particulièrement sec et beau, cette année-là; aussi la fête de l'hiver fut-elle célébrée avec plus de gaieté et de folies encore dans les villages.

Depuis longtemps mademoiselle Lambert avait promis à Anouchka de la conduire à une de ces fêtes, qui se donnent de village en village.

La dernière semaine de carême surtout, la malenitza (semaine de beurre), est celle qui l'emporte sur toutes les autres par son entrain et sa gaieté. Vieux, jeunes, hommes, femmes, enfants, tout le monde prend part à ces fêtes.

Tout chante, rit, s'amuse; toutes sortes de friandises préparées depuis longtemps, par les ménagères, remplacent la viande, dont on doit s'abstenir rigoureusement pendant ces derniers jours qui précèdent Pâques.

Ce sont des courses folles en traîneaux dans les plaines glacées; puis un retour bruyant dans de grandes salles chauffées. Le contraste de ces grands espaces nus et silencieux qui entourent les villages, qui les pressent de toutes parts, avec le joyeux tumulte des rues et des maisons, agit puissamment sur l'imagination; et l'excitation qui en résulte transforme le plaisir en un exercice salutaire contre la rigueur extrême du climat.

Ce sont des glissades inouïes, où toutes les jeunes filles d'un village, se tenant par la main, partent sur leurs patins légers, accompagnées par les jeunes moujiks.

Puis des bals chaque soir, où l'on danse au son du violon russe et de la balalaïka.

Ces bals, surtout celui du jeudi, sont costumés. L'on y voit des familles d'ours avec leur progéniture, qui sautent, donnant galamment la main à un pierrot ou un polichinelle. Puis des loups, des bêtes impossibles, et jusqu'à des Turcs en costumes chamarrés d'or.

Celui auquel devait assister Anouchka se donnait chez un riche fermier du comte, dans un village fort éloigné du château.

L'on partit en traîneau, Pavel en grand costume, conduisant mademoiselle Lambert et son élève, chaudement enveloppées dans de grosses peaux d'ours.

Deux traîneaux emmenaient ensuite l'intendant, sa femme, Marsa, et des voisins qui se joignaient à eux pour faire le voyage, afin de résister aux loups, fort nombreux dans les forêts que l'on allait longer une partie du chemin.

Lorsqu'Anouchka fit son entrée au bras de Pavel, dans des costumes qui voulaient personnifier le peuple russe, toutes les danses cessèrent, les moujiks respectueux poussaient les exclamations les plus extravagantes, pour exprimer leur admiration. Les propriétaires des environs qui assistaient en curieux à la fête, sans se mêler aux danses des moujiks, l'entourèrent, et c'était à qui trouverait un compliment plus hyperbolique encore que celui de son voisin.

Il y avait à ce bal bien de belles et grandes moujiks aux larges épaules, aux fines tailles; aucune ne put lutter un instant contre la grâce, le charme et la suprême distinction avec lesquels

Annette portait ce splendide et lourd costume.

L'enfant, devenue jeune fille, allait avoir seize ans; elle était grande, mince, et sa taille déjà formée se dessinait souple et flexible sous la longue sarafanne (1) de drap d'or niellée d'argent et de soie vert pâle, et la douchgrelka (2) en satin blanc bordée de martre; ses pieds, que chaussaient des souliers rouges brodés de perles, étaient fins et cambrés; ses mains fluettes et blanches tranchaient à peine sur la mousseline plissée qui les entourait.

Un kakoschnik d'or parsemé d'émeraudes, de rubis et de perles, présent de la comtesse Leinitz, cerclait ses cheveux blonds roulés en longues torsades, qu'entrelaçaient des rubans et des fleurs de jasmin arrachées aux serres de Krasnoïdom.

Un lourd collier d'or et des bracelets pareils complétaient ce costume de paysanne riche, que portent à toutes les grandes fêtes religieuses les jeunes filles de Novaïa-Ladoga ou des provinces moscovites.

(1) Longue robe sans manches.

(2) Casaque ouatée tombant jusqu'au-dessous des hanches.

Son visage était toujours celui de l'enfant; c'était la même expression douce et résolue, dans ses grands yeux verts, couleur d'émeraude, qu'adoucissaient de longs cils bruns, et où apparaissaient par éclairs cette volonté indomptable et ce même courage qui l'avaient fait, tout enfant, saisir une balalaïka, et courir les chemins pour gagner sa vie et celle d'une servante.

Les jeunes garçons dansèrent seuls un instant au milieu des applaudissements frénétiques des spectateurs qui, serfs, bourgeois ou nobles, à quelque degré du tschin qu'ils appartiennent, se passionnent toujours pour cet exercice du paysan russe, qui ressemble bien plutôt à une gymnastique qu'à une danse.

Pavel ne voulut pas se mêler, ce soir-là, aux jeunes moujiks. Il restait debout derrière le fauteuil d'Anouchka, à côté de sa mère, ses noirs sourcils froncés, sans parler; il regardait la jeune fille choyée, fêtée, et semblait engourdi dans je ne sais quel rêve. Anouchka voulut danser à son tour; comme elle ne pouvait accepter pour danseur un moujik, qui, d'ailleurs, n'eût jamais osé prétendre à un tel honneur, elle pria le fils du pope de vouloir bien lui donner la main.

Ils se mirent en face l'un de l'autre, et emportés par l'ardeur de la danse, par la musique entraînante de vingt balalaïkas jouant ensemble, ils ne s'aperçurent pas qu'un grand cercle s'était formé, et qu'ils étaient devenus le point de mire de toute l'assistance.

La fille d'Adam Loga ne dansait pas avec l'impassibilité extraordinaire des paysannes russes, dont elle venait de se moquer, qui, sans jamais lever les yeux sur leurs danseurs, avec des mouvements lents, se balancent devant eux sans se dérider un instant, semblables à des mannequins qu'un ressort ferait mouvoir, et formant le plus curieux contraste avec leurs cavaliers, dont les pirouettes, les gestes vifs, les mains jetées en avant, les yeux brillants et les contorsions semblent vouloir animer une statue.

Anouchka, au contraire, regardait son danseur, ses yeux riaient; ses dents blanches entr'ouvraient ses lèvres, et un sourire joyeux répondait aux mouvements endiablés de Pavel.

Tout à coup la musique cessa brusquement et
Annette devint rouge, en s'apercevant de l'attention fixée sur elle.

Pavel, la reconduisant à sa place, entendit derrière lui ce dialogue :

— Sont-ce des prédestinés? demandait-on.

— Oh! comment pouvez-vous être aussi absurde,
répondit-on. Pavel Andreïnowitch n'est que le fils
du pope de Krasnoïdom, s'il n'est pas serf, sa mère
l'a été : elle est la sœur de lait du comte Staritzeff.
Anouchka Adamnovna Loga est noble; son père, le
professeur, avait atteint le degré qui confère la
noblesse. Est-il possible qu'ils puissent se marier?

— Cela est bien différent, je ne le savais pas si
mal né; je le pensais déguisé, lui aussi.

Pavel se sentit mordu au cœur par une douleur
inconnue et horrible. Il regarda, défaillant,
Anouchka : elle riait, répondant à des compliments;
il laissa tomber brusquement la main qu'il tenait
dans la sienne; et s'ouvrant un passage au travers des admirateurs de la jeune fille, il sortit dans
la campagne glacée.

Quand le bal commença à devenir trop animé,

mademoiselle Lambert et Anouchka se retirèrent.

Douze ou quinze traîneaux se joignirent au leur pour faire ensemble la longue route qui les séparait du château.

Il fallut envoyer chercher Pavel, qui, sans dire une parole, prit les rênes des mains du palefrenier, qui les lui tendait, et claquant des lèvres, fit partir les trois chevaux à fond de train.

CHAPITRE X.

Les traîneaux se trouvèrent, avec la rapidité de l'éclair, dans la vaste campagne couverte de neige. Le silence qui planait sur ces immenses steppes semblait plus majestueux, après le tumulte et le bruit qui s'effaçaient maintenant dans le lointain. Les falots attachés aux traîneaux trouaient de leurs lumières rougeâtres l'opaque blancheur de la neige; les sabots des chevaux soulevaient une fine poussière blanche qui s'éparpillait de chaque côté du chasse-neige, et enveloppait d'un nuage léger les voyageurs.

Les grelots des chevaux, et les appels des con-
ducteurs troublaient seuls la grandeur de cette
scène. A chaque détour du chemin, un traîneau se
détachait de la file, prenait, soit une avenue sablée,
soit une direction opposée sur la plaine, envoyait
un joyeux adieu, et disparaissait dans la nuit.
Lorsque les voitures arrivèrent devant le bois dont
il fallait traverser une partie pour retrouver
l'avenue de Krasnoïdom, la petite troupe ne se
composait plus que de trois traîneaux.

En entrant sous bois, un des chevaux fit un
brusque écart.

— Qu'y a-t-il par là, Erèbe? demanda Pavel en
ramenant la bête.

Un hurlement effroyable répondit aussitôt.

— Ah! Seigneur, il y a donc des loups par ici,
Pavel? s'écria, d'une voix alarmée, mademoiselle
Lambert.

— Je le crains, Mademoiselle, voulez-vous re
tourner?

— Non, où irions-nous à cette heure? D'ailleurs,
pour aller chez toi, ne faut-il pas aussi traverser ce
coin de forêt?

— En avant, Paloucha, excite les chevaux, aucun moujik n'a signalé de grosses bandes de ce
côté; et puis, nous sommes si près, s'écria
Anouchka.

Les deux traîneaux qui suivaient s'étaient rap-
prochés, l'un quitta la ligne, et prit une autre
direction; celui de l'intendant les accosta.

— Etes-vous armé, Pavel Andreïnowitch? demanda l'intendant.

— Oui.

— Eh bien! marchons; s'il y a des loups, ce ne
peut être qu'une famille isolée; j'ai des balles dans
mon fusil.

— En avant, répondit Pavel.

Et ils partirent.

Un peu plus loin, les mêmes hurlements recom
mencèrent; cette fois ils semblaient plus rap-
prochés.

Anouchka se pencha hors du traîneau, et tirant
Pavel par sa touloupe :

— Vois, lui dit-elle en lui montrant derrière le
traîneau des yeux qui, semblables à des charbons
ardents, brillaient dans l'ombre derrière eux.

— Ils sont trois, se dit Pavel à voix basse : avez-vous peur, Annette Loga ?

— Non, Pavel.

— Et vous, reprit Pavel, s'adressant à mademoiselle Lambert, qui, les mains jointes, se dressait épouvantée, ne pouvant détacher son regard de ces points lumineux qui la fascinaient.

— Ne vous inquiétez pas, balbutia-t-elle fort vite, sauvez-nous si vous pouvez ; moi, je ne veux ni entendre ni voir.

Et se laissant choir dans les fourrures, elle y plongea sa tête.

— Si je dois être mangée, j'aime mieux ne pas le savoir d'avance.

Et elle se tut, immobile au fond du traineau.

Le jeune homme excitait ses chevaux.

— Garde à vous, cria-t-il à l'intendant, tirons ensemble. Anouchka, continua-t-il, pouvez-vous m'aider ?

— J'essaierai, que faut-il faire ?

D'un geste brusque, il se débarrassa de sa touloupe (1) et de sa ceinture de cuir.

(1) Surtout en peau d'agneau.

Pavel modéra un peu ses chevaux. (P. 121.)

— Tenez, confectionnez avec cela quelque chose qui ressemble à une proie quelconque, un agneau ou un cochon de lait.

En avant, Erèbe! en avant, Aurore! mes frères chéris, criait-il à ses chevaux; le traîneau glissait avec la vitesse du vent, sur la neige durcie.

Celui de l'intendant se maintenait à côté sans gagner sur les fauves qui les suivaient en hurlant.

— Est-ce fait, Anouchka?

— Oui, tâtez.

— C'est bien. Pouvez-vous tenir les rênes un instant? En avant donc, cria-t-il.

Et il se glissa à l'arrière du traîneau, attacha à une courroie l'informe mannequin, qui pendit, ballotté sur la neige après eux, et revint prendre sa place, en imitant le bêlement de l'agneau.

Le hurlement des loups se fit entendre plus près encore.

Pavel modéra un peu ses chevaux, que la frayeur affolait.

— Ne lâchez pas les guides, Anouchka; du courage, ou nous sommes perdus! Voilà le moment.

Il se baissa, saisit son fusil posé en travers sur
le chasse-neige, et ne pouvant ni épauler ni viser,
attendit debout.

Tout à coup un des loups se jeta avec impé-
tuosité sur la proie si complaisamment offerte.
Pavel tira, le loup tomba, se roulant dans la neige
et hurlant, tandis qu'un coup de fusil de l'intendant
en blessait un autre.

— Garde à vous, Pavel, cria celui-ci avec
effroi.

Mais avant que Pavel eût pu se mettre en défense,
le troisième loup s'élançait, s'accrochait avec ses
griffes profondément entrées au bois du traîneau,
et tentait de l'escalader.

Les petits chevaux, excités par les cris, par les
coups de fusils, n'ayant plus la main de Pavel pour
les guider, devinrent fous de terreur; ils enlevèrent
le traîneau dans une course vertigineuse, empor-
tant cramponné à son côté le loup, qui, le corps à
moitié entré dans l'intérieur, de ses dents pointues
avait mordu la pelisse d'Anouchka et la tirait
à lui.

En sentant la fétide haleine de l'horrible bête si

près d'elle, la jeune fille eut un tressaillement nerveux; et fermant les yeux, elle cria comme une
suprême prière :

— Pavel, sauve-moi !

— Ne tirez pas, Dimitri, s'écria Pavel, vous bles-
seriez Anouchka.

D'un brusque mouvement il la dégagea, et la
rejeta derrière lui au fond du traîneau.

— Moi vivant, ne crains rien, lui dit-il.

Et se plaçant entre Annette et l'animal, mettant
sous son pied les rênes qu'Anouchka avait aban-
données, de la crosse de sa carabine il en asséna de
rudes coups sur la tête du loup sans lui faire lâcher
prise. Le bois vola en éclats, le jeune homme jeta
son arme brisée et inutile; et une lutte corps à
corps s'engagea; de ses bras nerveusement roidis,
Pavel saisit le loup à la gorge, cherchant à l'étran-
gler.

La gueule du fauve touchait son visage, ses
yeux flamboyaient, et de rauques grognements sor-
taient du gosier contracté de l'animal.

— Ma hache ! ma hache ! là sous les fourrures,
répétait Pavel d'une voix haletante; il sentait ses

forces s'épuiser, et le loup, par ses efforts déses-
pérés, échapper peu à peu à ses étreintes.

Anouchka agenouillée, les doigts crispés par une
terreur sans nom, fouillait parmi les fourrures
amoncelées.

— Je ne trouve pas, je ne trouve pas, Pavel,
disait-elle avec désespoir.

Tout à coup elle se releva d'un bond; elle avait
senti sous sa main le fer de la hache. Avec la rapidité de l'éclair, Annette se trouva debout à côté du
jeune homme. Instinctivement elle éleva au-dessus
de sa tête la lourde cognée, et d'un coup violem-
ment asséné, elle fendit la tête du loup, dont les
pattes crispées se détendirent, et dont le corps flas-
que retomba lourdement sur le sol.

— Bravo, Barynia, cria Pavel, tu es brave;
grâce à toi, nous avons à nous quelques minutes;
avant une nouvelle attaque, il faut être rentré.

Et il reprit les rênes en activant encore le galop
des trois petits chevaux, dont on entendait la respi-
ration sifflante.

— Allons, mes bons amis, encore un effort pour
elle; pour Anouchka, leur disait-il à demi-voix.

Anoùchka était tombée à côté de mademoiselle Lambert, sans une parole, sans un cri, anéantie, après l'acte héroïque qu'elle venait d'accomplir.

Enfin, ils entrèrent au triple galop dans l'avenue, ils étaient sauvés!

Les cris des domestiques, lorsque le traîneau se rangea devant le perron, tirèrent seulement Anouchka de sa prostration; elle dégagea mademoiselle Lambert, qui poussa un soupir plaintif, croyant sentir déjà le museau des affreuses bêtes. Reconnaissant Anouchka, elle respira profondément.

— Ouf! c'est fini pour cette fois, dit-elle, je ne suis pas encore mangée. — Puis, voyant que Pavel souriait et qu'Anouchka riait franchement de son air effaré:

— Vous autres Russes, continua-t-elle, vous avez une façon d'envisager les choses et les bêtes féroces tout à fait extraordinaire; mais, voyez-vous, moi, je ne suis pas si brave, et vous ne m'habituerez jamais à vivre de sang-froid au milieu des loups, des ours et *tutti quanti.*

— Ah! j'en suis toute glacée, allons dormir pour nous réchauffer.

Et les deux femmes entrèrent dans la maison. Anouchka se retourna, Pavel était monté dans le traîneau de sa mère, et, sans un mot, il était parti.

— Qu'a donc contre moi Paloucha? se dit-elle.

CHAPITRE XI.

Le comte, qui avait annoncé sa visite pour la semaine après Pâques, arriva le samedi saint. Il était allé saluer le czar, et ayant obtenu son congé plus tôt qu'il ne l'espérait, il surprit agréablement sa chère pupille, qui lui fit néanmoins de vifs reproches de n'avoir pas prévenu, et d'avoir ainsi fait avorter toutes les surprises qu'elle lui réservait pour sa réception.

Le comte n'était revenu qu'une fois à Krasnoïdom, depuis quatre ans qu'il y avait installé mademoiselle Lambert et son élève; mais sa correspondance avec l'institutrice l'avait tenu au courant de la vie de Krasnoïdom comme s'il la partageait : à mesure que la petite fille grandissait, il avait reçu des lettres enfantines d'abord, puis plus sérieuses, mais toujours naïves et pleines du sentiment de la reconnaissance la plus exaltée.

Il savait les progrès, les changements opérés dans l'esprit d'Anouchka; une seule chose pouvait donc le frapper : c'était l'épanouissement de la jeune fille, qui d'enfant se faisait femme.

— Comme vous voilà belle, ma chère! fut le premier mot qu'il lui dit, cessant de tutoyer celle qui n'était plus pour lui la petite Annette Loga.

Le samedi soir, il accompagna sa pupille à la communion pascale.

Pavel, en apercevant sa haute taille devant l'iconostase (1), courba la tête, et quittant sa place habituelle, se tint constamment dans l'ombre, dissimulé derrière un pilier.

Anouchka le chercha vainement des yeux. Il voyait, lui, son clair regard fixé vers le coin où se tenait sa mère, plongée dans sa prière; mais, de sa main crispée sur le pilier, il semblait se retenir dans l'ombre.

Le lendemain, à la grand'messe de Pâques,

(1) Tabernacle séparé de la nef par des grilles d'acier.

Anouchka fut attristée de ne pas le voir, le premier, venir au devant d'elle solliciter son baiser, en lui disant la formule consacrée : *Christ est ressuscité.* Elle reçut et donna bien des baisers sur le parvis du temple; Marsa lui sauta au cou; elle vit Pavel soutenant le pas alourdi du pope, dont les fatigues d'une longue messe avaient augmenté l'état maladif, passer en les saluant de loin; mais il ne s'approcha pas.

— Qu'a donc depuis jeudi mon Paloucha? se demandait-elle; il est pâle, il faut que je sache.

Puis, au moment de s'informer de lui à sa mère, elle fut rassurée sur sa santé par l'air heureux qu'avait ce jour-là la femme du pope.

Sa préoccupation au sujet de son ami la suivit jusqu'au château; elle n'admira pas, autant qu'elle l'eût fait un autre jour, la ravissante bague que le comte lui donna au dîner, comme cadeau de Pâques; et aussitôt que mademoiselle Lambert fut à l'office, faisant tout disposer pour la soirée et le souper, après que le comte se fut retiré pour écrire, Anouchka quitta précipitamment le salon, décidée à envoyer un valet prévenir Pavel qu'il eût à venir, qu'elle avait à lui parler; tous les domestiques étaient occupés avec mademoiselle Lambert; elle se disposait à charger un cocher de sa commission, lorsqu'elle aperçut Pavel, qui rôdait le long de l'avenue, d'un air morne et découragé.

D'un signe, elle l'appela près d'elle.

— Me diras-tu enfin pourquoi, depuis jeudi, on ne t'a pas vu à Krasnoïdom? Tu n'as point chassé, ta mère me l'a dit ce matin, et tu es resté pendant ces trois jours assis à côté du poêle sans sculpter ni travailler. Que t'ai-je fait? Pourquoi me boudes-tu? Si tu es fâché, tant pis pour toi; mais aujourd'hui, tout doit s'oublier, Pavel : Christ est ressuscité.

Et se plaçant devant lui, la jeune fille lui tendit ses joues en souriant.

Pavel détournait la tête sans répondre, il regardait devant lui, croisant nerveusement ses bras sur sa poitrine.

— Ah! Pavel, c'est mal! refuser un baiser de Pâques, reprit-elle avec une petite moue et un tendre accent de reproche.

Il enfonça ses yeux dans les siens, elle y vit comme une grande colère et une grande douleur, quelque.chose encore qui la troubla, sans qu'elle comprît pourquoi; il lui saisit les deux mains, puis les lâcha brusquement et s'enfuit sans avoir prononcé un mot.

Anouchka resta interdite et confuse.

Mademoiselle Lambert, qui passait, remarqua l'embarras de la jeune fille.

— Qu'avez-vous, chère? demanda-t-elle légèrement.

— Rien, bonne Lambert, répondit-elle en l'embrassant.

Mademoiselle Lambert s'approcha de la fenêtre, et vit au loin dans l'avenue Pavel qui courait; puis ses yeux se reportèrent sur Anouchka, qui, distraite, laissait courir ses doigts sur le piano.

— Voilà l'étincelle, murmura-t-elle entre ses dents.

Elle prit tranquillement son livre d'Heures, et ne parla pas davantage de l'incident.

Le comte avait écrit à un peintre célèbre de Pétersbourg. il voulait avoir un portrait d'Annette, qui réalisait pour lui le type rêvé de la femme russe.

Le peintre attendu était un garçon de talent, que le comte avait connu autrefois en Italie, où il achevait ses études; il avait laissé là les madones de Raphaël, déclarant que l'on ne rencontre plus de Fornarina dans les boulangeries de notre temps, et il s'était pris de passion pour le type russe.

Il rendait fidèlement ce qu'il voyait, trouvant autant de grâce et de poésie dans un beau modèle de son pays que dans n'importe quelle femme étrangère.

Lorsqu'il peignait une Russe, il n'en faisait pas une Française mignonne, ou une Anglaise diaphane; aussi ces idées nouvelles à Pétersbourg avaient choqué d'abord, mais une princesse s'était trouvée admirablement belle dans le portrait que fit d'elle Mikaël, et l'avait mis à la mode.

Mikaël fut frappé du beau type d'Anouchka.

— Voilà la Russie, s'écriait-il en la regardant.

Et, sur la demande du comte, il la peignit avec le costume national.

Il travaillait avec ardeur, avec enthousiasme,

7

une partie de la journée; les visites des voisins, les dîners, les concerts, les promenades avec le comte, le peintre et mademoiselle Lambert, absorbaient les heures d'Anouchka.

Un matin que l'institutrice et son élève étaient seules au salon, le comte et son hôte assistant à une grande chasse à l'ours, Anouchka, qui avait un moment gardé le silence, s'écria tout à coup :

— Sais-tu, chère, que, depuis quelque temps, je trouve Pavel très-changé? On ne le voit plus à Krasnoïdom; à peine l'ai-je aperçu quelques minutes pendant le concert d'avant-hier. Il est resté toute la soirée seul au boudoir, devant mon portrait exposé, et n'a parlé qu'au comte, qui l'a surpris là.

— J'ai vu Marsa et son fils le lundi de Pâques, répondit mademoiselle Lambert; le pope et sa femme étaient très-affligés.

Pavel veut les quitter, il doit même partir bientôt.

— Partir! Pavel partir! où va-t-il? Pourquoi ne me l'avoir pas dit, Lambert? Qu'est-ce que cette fantaisie? Il ne va pas au séminaire, je suppose.

— Je ne le crois pas, j'ai vu Marsa si désolée

que je n'ai pas osé la questionner davantage. J'ai serré la main de Pavel et je suis partie.

— Je vais le savoir, moi, où il va, fit Annette, se levant impétueusement. Vous n'aimez donc plus mon cher Paloucha, Lambert, que vous parlez si froidement de son départ? Moi, je ne puis l'accepter ainsi, et je veux savoir la cause de ce voyage imprévu.

Annette sonna.

— Ma pelisse à l'instant, dit-elle.

— Vas-tu chez Andreï, Anouchka?

— Certainement, bonne Lambert.

L'institutrice considéra Annette, elle parut joyeuse de l'expression naïve des yeux de la jeune fille.

— Il fait beau, la neige est dure; veux-tu de moi, mon enfant? Je veux embrasser aussi notre Pavel.

— Tu vois bien, chère Lambert, que tu l'aimes encore, mon Paloucha; ne sois plus injuste avec lui. Je t'attends.

Les deux femmes, précédées par un moujik, prirent le chemin du village de Krasnoïdom.

A l'extrémité, près de l'église, se trouvait la demeure du pope; elles furent introduites par une
servante, luxe que permettaient à Marsa les libéra-
lités du comte.

Lorsqu'elles entrèrent, elles remarquèrent le
désordre qui régnait dans la salle de famille, ordinairement si calme et si paisible.

Marsa allait et venait d'un bout de la pièce à
l'autre, agitée et nerveuse, s'arrêtant brusquement
pour jeter des vêtements dans une grande caisse
qui encombrait un des côtés de la salle, puis elle
reprenait sa promenade fiévreuse.

Le pope rangeait ses livres sur leur tablette, et
tout en pleurant silencieusement en choisissait
qu'il empaquetait soigneusement.

Pavel, debout près de la fenêtre, devant une selle
sur laquelle reposait une statuette de bois, entouré
d'éclats et de copeaux de toutes sortes, travaillait
avec ardeur. Tout à son œuvre, il ne voyait ni
n'entendait rien de ce qui se passait autour de lui.

— C'est donc vrai? murmura Anouchka, en
apercevant les préparatifs de Marsa.

— Pourquoi donc veux-tu nous quitter, Pavel?

s'écria t-elle, se précipitant vers le jeune homme.

A cette voix, Pavel laissa tomber son outil; ses yeux, en se levant, rencontrèrent ceux de mademoiselle Lambert, qui s'asseyait lentement sur le divan de cuir.

Il prit résolûment la main d'Anouchka, et lui répondit :

— Chère Barynia, il faut que j'aie du talent, et je sens qu'un jour j'en aurai; dans deux ans je reviendrai ; ce n'est pas très-long, deux ans; tu m'attendras bien ce temps-là sans m'oublier, n'est-ce pas?

Et il retenait les petites mains de la jeune fille, et reprenait, sans en avoir conscience, ce doux tutoiement qu'il avait abandonné depuis peu.

Les yeux d'Anouchka se remplirent de larmes.

— C'est vrai, dit-elle, il faut bien qu'un homme soit bon à quelque chose, et essaye de devenir quelqu'un; mais je ne croyais pas que tu y pensais. C'est donc cela qui te rendaitsi triste, mon Paloucha? Et que veux-tu faire?

— Une belle idée! interrompit Marsa; il nous quitte, et pourquoi, Barynia? Vous ne devinerez

jamais : il ne veut pas être prêtre, devenir un jour
archevêque et honorer les cheveux blancs de sa
mère. Non, il va faire à Pétersbourg des bonshom-
mes de pierre, que personne n'achètera, et qui ne
pourront pas même entrer dans la maison du Seigneur, puisque notre église vénérée ne souffre
dans ses temples que des peintures.

— J'ai entendu dire, mademoiselle Lambert, que
dans votre pays, les figures sculptées des saints
prenaient place dans vos églises, et que ceux qui
les faisaient gagnaient beaucoup d'argent; est-ce
vrai? demanda le pope, désireux de détourner la
colère de sa femme.

— Oui, Andreï, et non-seulement ils deviennent
riches, mais ils sont honorés à l'égal des nobles.

— Ah! mademoiselle Lambert, vous voulez me
consoler du départ de Pavel, mais je sais bien, moi,
que c'est impossible ce que vous dites là, s'écria
Marsa.

Pavel alla à sa table, y prit la petite figure qu'il
sculptait, et la présentant à Anouchka :

— Je l'ai faite pour toi, lui dit-il; ce soir elle
sera achevée, et je pars demain.

— Mon portrait! s'écria la jeune fille; oh! comme c'est beau, et c'est si bien moi!

— Oui, telle que je te voyais chaque jour; te plais-tu ainsi?

— Oh! oui, Pavel, tu n'as jamais fait mieux, merci; je te promets de la garder toujours, ta statuette.

Pavel jeta un regard vers mademoiselle Lambert, puis timidement il ajouta :

— Dans deux ans je t'en apporterai une plus belle; tu l'attendras, n'est-ce pas?

Mademoiselle Lambert ne laissa pas à Anouchka le temps de répondre, elle offrit à Pavel de lui donner les adresses à Pétersbourg de quelques amis de son père, des artistes, lui recommanda d'aller voir sa marraine de suite, et lui désigna quelques maisons où il serait reçu sans grands frais, s'il ne voulait pas accepter l'hospitalité de la comtesse.

— Non, non, s'écria Pavel, je la gênerais, je ne veux pas, je n'accepterai rien d'elle.

— Mais j'y songe, dit Anouchka, le comte peut te faire entrer à l'Académie.

— Je ne veux pas, s'écria Pavel brusquement.

Elles passèrent une partie du jour chez le pope, Marsa leur servit avec joie le thé et quelques gâteaux faits par elle.

Pavel s'était remis à sa statuette, et Anouchka, penchée sur l'établi, lui parlait à voix basse de ces quatre années si heureusement passées tous ensemble.

Lorsqu'arriva l'heure de se séparer, mademoiselle Lambert se leva tout à coup.

— A demain, Marsa, à demain, Andreï, dit-elle; je viendrai vous parler de l'absent.

Et s'approchant de Pavel qui, tout troublé, s'était levé aussi, et les regardait toutes deux, l'une après l'autre :

— Adieu, mon cher Pavel, ajouta-t-elle, posant sa main sur l'épaule du jeune homme, souviens-toi que la vie est faite de souffrances et de courage; travaille, ne te décourage jamais, moi je crois à ton talent futur.

Pavel se pencha vers mademoiselle Lambert, et lui baisant les deux mains, il murmura :

— Je n'oublierai pas que c'est vous, que ce sont vos leçons qui m'ont rendu apte à comprendre et à devenir un artiste. Ne soyez pas trop sévère pour le but que je poursuis. Que vous importe si mes yeux suivent une étoile et si je suis assez fou pour espérer l'atteindre; laissez-moi ma folie, si elle doit faire de moi un homme.

Mademoiselle Lambert, sans lui répondre, lui serra la main.

— Ai-je tort? se demanda-t-elle, gagnant la porte.

Puis Pavel s'avança vers Anouchka, qui pleurait; il s'agenouilla, baisa la main qu'elle lui tendait, et reprenant l'air résolu qu'elle lui avait toujours vu :

— Au revoir, Annette Adamnovna, lui dit-il, la voix tremblante; et s'élançant sur l'escalier qui montait aux chambres, il disparut, sans vouloir lui laisser voir son chagrin et ses sanglots.

Le lendemain matin il vint calme et tranquille faire ses adieux au comte Staritzeff, lui demander ses commissions pour sa sœur, et apporter sa statuette.

Le comte fut enchanté de la figurine, qu'il trouva charmante, pleine de grâce et de naïveté.

— Voyez donc, Mikaël, dit-il au peintre, qui en-

trait dans son cabinet; voyez donc, n'est-ce pas
ravissant?

— C'est de toi, mon garçon? mais ce n'est pas
mal, il y a des intentions, de la patte, déjà; tu vas
à Pétersbourg? Veux-tu une lettre pour Silvia le
sculpteur? Sur ma recommandation, il te recevra
comme élève; et sans attendre ni écouter les remer-
ciements de Pavel, il se mit à écrire.

Quand il eut fini, il tendit sa lettre ouverte au
jeune homme.

Le comte lui offrit de s'occuper de lui; mais devant la froideur qui accueillit ses propositions, il
cessa de les formuler, se demandant quel motif, si
ce n'était un sot orgueil, empêchait Pavel de les
accepter.

Mikaël accompagna Pavel le long de l'avenue,
parlant avec lui art et artistes, lui donnant de
bons conseils, et lui faisant d'utiles recomman-
dations.

— Qu'est-ce qui peut rendre les hommes égaux ?
lui demanda tout à coup Pavel.

— Le talent! répondit le peintre.

— J'en aurai donc, répliqua le jeune homme

avec un geste de défi; et serrant la main du peintre, après un long regard jeté sur Krasnoïdom, il continua son chemin sans se retourner.

CHAPITRE XII.

La vie ne sembla changée en rien à Krasnoïdom, après le départ de Pavel Andreïnowitch, seulement une ombre légère de mélancolie se répandait parfois soudainement sur le gracieux visage d'Anouchka. Elle comprit ou plutôt elle sentit que le comte ne pouvait sympathiser au chagrin que lui causait l'absence de son compagnon d'étude.

Pour lui, Pavel était le fils de sa sœur de lait, rien de plus; et d'ailleurs la froideur que lui avait témoignée Pavel, lors de leurs rares rencontres depuis son retour, l'avait, sans qu'il s'en rendît compte lui-même, indisposé contre le jeune homme. On ne parla donc pas de Pavel dans le cercle de famille.

Mademoiselle Lambert semblait aussi éviter ce

sujet de conversation avec son élève, et lui répondait en riant :

— Vraiment, Anouchka, cela n'a pas le sens commun, de tant s'apitoyer sur le sort de Paloucha loin de nous. N'a-t-il pas voulu partir? Et je suis sûre qu'il pense moins souvent à nous, que nous à lui.

Anouchka finit donc par ne plus jamais parler de Pavel, et un mois après son départ, il paraissait aussi oublié à Krasnoïdom que s'il n'en eût jamais été l'hôte chéri et attendu.

Avait-on le temps de se souvenir au milieu des plaisirs dont le comte entourait sa chère pupille? Cette jeune fille à l'esprit enjoué, charmant, aux reparties joyeuses et pleines d'humour, berçait sa mélancolie et la lui rendait plus chère, plus indispensable de jour en jour; aussi, lorsqu'il reçut le décret de l'empereur qui le nommait à l'ambassade de la Porte, songea-t-il à emmener Anouchka et son institutrice. Il leur fit part de ce projet, qui fut accueilli avec joie, et il fut convenu qu'il demanderait à la comtesse Leinitz de venir à Constantinople passer tout le printemps.

Elle y recevrait à l'ambassade, sans éveiller les commentaires, mademoiselle Lambert et la pupille du comte.

La comtesse déclara, lorsque le comte lui fit sa proposition, que quitter Pétersbourg lui était insupportable; mais quand elle sut qu'elle aurait à présenter au corps diplomatique une belle jeune fille, qui lui attirerait des causeurs et des joueurs, et lui composerait un salon, elle accepta et écrivit lettres sur lettres pour presser le départ.

On se retrouva à Constantinople au palais de l'ambassade, où la comtesse était arrivée avant ses hôtes pour leur préparer une confortable installation.

Elle reçut Annette avec de grandes démonstrations d'amitié et des compliments sans fin sur la grâce naïve et la brillante éducation qu'elle devait à son institutrice.

Elle ne vit pas sans un sentiment de déplaisir, très-fugitif du reste, cette belle jeune fille qui allait l'éclipser; mais sa bonne nature l'emporta, et Anouchka la retrouva ce qu'elle avait toujours été : une femme de cœur sous des dehors un peu insouciants et capricieux.

Anouchka s'enquit auprès d'elle de Pavel.

— Est-il encore à Pétersbourg? demanda-t-elle.

— Ah! le pauvre Paloucha? Mais pas du tout,
il voyage, il est à Florence ou à Naples, à moins
que ce ne soit à Rome. Je ne sais plus bien. Il
m'écrivit dernièrement, mais je dois avoir égaré sa
lettre. Ne savais-tu pas, ma belle, qu'il voyageait?

— Marsa me l'avait dit, répondit-elle en détour-
nant la tête, mais je croyais qu'elle s'était trompée.

Le printemps se passa en fêtes de toutes sortes.
Au milieu de la haute société dont Anouchka fut
constamment entourée, elle prit ces grandes manières qui ajoutent un charme si pénétrant aux relations mondaines.

Un soir, après une journée brûlante, Annette se
plaignit de la chaleur, et parla avec enthousiasme
des lacs et des vallées de la Suisse.

Dix jours après, le comte installait sa pupille
dans une villa qu'il venait de louer au bord du lac
de Genève.

La comtesse prétendait qu'on la martyrisait et
qu'on la traînait partout comme un paquet; mais
elle finit par concéder que le lac Léman est sans

pareil, et qu'elle était enchantée d'avoir revu une si vieille connaissance.

Ils visitèrent la Suisse, la France, toute l'Allemagne; enfin, dix-huit mois s'étaient écoulés depuis que mademoiselle Lambert et son élève avaient quitté Krasnoïdom, lorsqu'ils revinrent tous à Pétersbourg chez la comtesse Leinitz.

CHAPITRE XIII

Le comte Alexandre Petrowitch Staritzeff trouva à l'hôtel de sa sœur un message de l'empereur; il se rendit au palais et reçut du czar une mission qu'il ne put refuser. Ses absences de son poste n'avaient été que trop fréquentes depuis dix-huit mois, et quoiqu'il ne fût pas resté constamment avec sa sœur et sa pupille, son service avait souffert de ces voyages fréquents.

Il hésita un instant à accepter; il délibéra s'il ne donnerait pas sa démission et s'il n'irait pas vivre à Krasnoïdom, ou dans une autre terre près de Nijninovgorod; mais il vit que sa démission, en ce moment, amènerait une disgrâce complète : le czar ayant daigné lui dire qu'il avait compté sur son dévouement et qu'il lui était nécessaire pour cette mission. Il partit donc, aussitôt arrivé, comptant bien revenir dans le courant de l'hiver et fixer l écidément sa vie.

La comtesse Sophie ne voulut pas consentir à ce que la pupile de son frère retournât dans son désert moscovite.

Anouchka, avec une complaisance charmante, écoutait ses histoires, lui faisait sa correspondance, mieux que sa demoiselle de compagnie, lui donnait le bras pour ses visites; enfin cette vieille égoïste qui n'avait jamais vécu qu'entourée de subalternes flatteurs et humbles, ou d'amis intimes indifférents et sceptiques, goûtait le charme d'une amitié sincère et désintéressée.

Le lendemain de leur installation à Pétersbourg, elle mit entre les mains d'Annette un volumineux paquet de lettres et de billets, et se jetant sur un divan :

— Ma perle, lui dit-elle, débrouille tout ça. Moi j'en perdrais la tête. Tu me liras à haute voix ce qui te semblera en valoir la peine.

— Mais, comtesse, s'écria en riant la jeune fille, je ne puis guère juger ce qui doit vous intéresser, et.....

— Va toujours, va toujours, les invitations reçues trop tard, tu les donneras à Olga, qui y fera réponse. Ne me parle que des lettres intéressantes ou spirituelles.

Anouchka commença son triage.

Elle trouva plusieurs lettres dont l'écriture la fit rougir, elles portaient toutes un timbre étranger ; elle les mit à part, puis quelques minutes après les reprit, et se tournant vers la comtesse, d'une voix calme elle lui dit :

— Beaucoup d'invitations pour cette semaine et la suivante, comtesse Sophie Petrovna : cinq bals, onze dîners et trois soupers, sans compter les concerts.

— Bien, bien, cela regarde Olga, elle nous préviendra, le matin, chez qui nous allons le soir, car tu sais que je te présente partout, chère.

— Puis des lettres d'amis à vous de France et d'Allemagne.

— Donne-les, celles-là.

— Et puis quelques lettres encore de Pavel Andreïnowitch.

— Que dit-il, ce pauvre Paloucha?

— Il est à Rome, il travaille. Vous savez que
l'Académie de Pétersbourg lui a donné le prix
comme l'élève sur lequel on compte le plus. Il fait
une statue qu'il croit appelée à un grand succès; et
puis, dans sa dernière lettre, il dit que le gouver-
nement la lui a achetée pour mettre dans le palais
impérial, et qu'il vient lui-même la faire placer.

— Nous allons le voir, alors? Tant mieux, Pavel
est un garçon intelligent. Tu verras, ma chère, qu'il
arrivera à être quelqu'un.

La conversation s'arrêta là. Anouchka ne parut
pas attacher une grande importance au retour de
son ami d'enfance, et continua tranquillement sa
lecture et son compte rendu.

Quelques jours après cette conversation, il y
avait grand concert et bal chez la vieille princesse,
l'ancien tyran de mademoiselle Lambert, qui ne
put se dispenser d'y accompagner la comtesse et
Annette.

Cette dernière, très-entourée, après une valse

fatigante, se mit à la recherche de l'institutrice,
espérant auprès d'elle se dérober un instant à ses
danseurs.

Elle l'aperçut dans un petit boudoir, causant avec
animation avec un jeune homme; elle laissa son
cavalier et se dirigea vers eux.

— Avec qui donc cause Lambert, se disait-elle;
quel est cet étranger?

Le jeune homme tourna la tête.

— Ah! c'est lui; oui, voilà son regard, toujours
le même, et cependant si changé; il a encore cet air
franc et résolu qui plaisait tant dans l'enfant, mais
malgré cela Paloucha a disparu; cette barbe noire
lui va fort bien. A qui ressemble-t-il donc? Ah!
j'y suis, au maître d'armes de Raphaël, que j'ai vu
au Louvre. Me reconnaîtra-t-il seulement; suis-je
autant changée, moi aussi?

En ce moment les yeux de Pavel Andreïnowitch
se tournèrent vers elle; il se leva d'un bond, l'en-
veloppa d'un long regard. Anouchka fit quelques
pas en murmurant un nom, puis leurs mains se
serrèrent et ils restèrent en face l'un de l'autre sans
trouver une parole pour exprimer leur bonheur.

Anouchka le regardait immobile, il la fit asseoir à côté de mademoiselle Lambert.

— Nous voilà, comme autrefois, disait-il, les regardant toutes deux avec tendresse. Mais, ma chère Annette, vous ne dites rien, reprit-il, subitement intimidé par son silence.

— Ah! Pavel, dit-elle enfin avec effort, je suis si heureuse que j'ai envie de pleurer. Chère Lambert, emmène-nous dans la serre, nous y serons seuls à cette heure.

Ils cherchèrent un coin bien abrité, et là tous trois, Pavel sur le gazon à leurs pieds, ils passèrent la nuit sans avoir conscience du temps.

Mademoiselle Lambert interrogeait Pavel sur ses études, ses voyages, ses succès, ses espérances. Anouchka, qui s'était remise de son émotion, riait à un trait de mœurs italiennes, à une histoire d'école, s'enthousiasmait avec lui pour les chefs-d'œuvre qu'il leur dépeignait.

— Depuis quand êtes-vous à Pétersbourg, Pavel? demanda mademoiselle Lambert.

— Depuis hier. J'attendais une audience du czar, qui arrivera je ne sais quand; je savais vous rencontrer ici ce soir, et je n'ai pas eu le courage de refuser l'offre de Mikaël, de me présenter à la princesse.

Je vous ai admirée tout à mon aise pendant le concert, Anouchka, dit-il presque malgré lui.

Anouchka haussa les épaules.

— Et votre mère, votre père? dit-elle, pour détourner Pavel de cette voie.

— Pauvre mère! j'aurais dû l'aller trouver aujourd'hui, mais je voulais vous avoir revue, Anouchka Adamnovna.

Ils parlèrent du pope, de sa maladie, qu'Annette avait apprise et qui l'avait affligée.

Mademoiselle Lambert s'aperçut la première qu'elle tombait de sommeil, et qu'il devait être tard.

Ils recherchèrent la comtesse Leinitz qui, entraînée par une partie de wisk, oubliait, elle aussi, le temps écoulé.

Elle fut contente de revoir Pavel Andreïnowitch.

— Ça, mon filleul? Ce monsieur avec cette barbe; allons donc, Lambert, vous raillez?

Elle l'embrassa sur les deux joues, et lui de-

manda si Grégoire, le vieux majordome, l'avait
bien traité à son arrivée à l'hôtel. Pavel s'excusa
de ne pas accepter son hospitalité, mais il comptait
louer un atelier, travailler un peu à Pétersbourg, et
voyager encore après...

Il n'acheva pas sa phrase, interrompu qu'il fut
par Anouchka, qui poussa un léger cri : elle venait
de se tordre le pied en descendant l'escalier.

— Tu deviens cependant mon hôte jusqu'à ton
installation, Paloucha; que penserait-on d'une
marraine qui laisse son filleul à l'auberge !

— Merci, marraine vénérée, je pars demain, je
vais embrasser ma mère. La comtesse n'insista plus.

Pavel accompagna les trois femmes à leur
traîneau, et promit de ramener avec lui Marsa
passer quelque temps à Pétersbourg.

CHAPITRE XIV.

Il revint seul. Marsa refusait de quitter son
isbah si bien aménagé, son mari qui avait besoin de
ses soins, et ses compagnes d'enfance.

— Amène-moi vite une bru, lui dit-elle.

Il dut lui faire comprendre que la femme qu'il avait choisie depuis si longtemps n'habiterait jamais sa maison, et que ce serait elle qui viendrait partager leur vie. A son retour à Pétersbourg, l'empereur le reçut, le complimenta sur son œuvre.

— Une des plus belles choses de la sculpture moderne, lui dit-il devant toute la cour.

On avait placé son groupe dans un immense vestibule précédant la chapelle du palais.

C'était un saint Georges à cheval, combattant le dragon.

L'œuvre du commençant était l'œuvre d'un maître, l'esprit de Michel-Ange semblait avoir animé le jeune artiste, et dans la grande allure du cavalier et de sa monture il passait comme un souffle des maîtres de la Renaissance.

— Nous avons donc un sculpteur russe, dit l'empereur en le congédiant.

Et le soir, il lui envoyait une pension sur sa cassette, une commande nouvelle, et l'assurance de sa haute bienveillance et de sa protection.

Pavel apporta toutes ses joies à l'hôtel Leinitz, où elles furent partagées et appréciées.

Il devint *le lion* de la saison, toutes les grandes dames lui demandèrent leur buste et les grands seigneurs leur statuette. Il tenait le succès, et répondait à mademoiselle Lambert, qui s'effrayait d'une faveur si subite, craignant qu'elle ne durât pas :

— Chère Lambert, je travaillerai tant, que je la forcerai bien de me rester fidèle.

La comtesse Sophie Leinitz lui fit mille compliments de son groupe, qu'elle avait vu à la dernière réception du palais.

Mademoiselle Lambert manifesta ses regrets de ne l'avoir pas encore admiré.

Pavel lui offrit de la conduire au palais impérial et de la faire entrer.

— Et vous, Anouchka, ne voulez-vous pas voir mon saint Georges? demanda-t-il timidement.

Anouchka rougit, et répondit qu'elle le connaissait déjà : la baronne Ravicka lui avait offert de la mener, et elle y était allée avec elle.

— Cela est très-beau, Pavel Andreïnowitch.

ajouta-t-elle, et je comprends l'enthousiasme que
o tre saint Georges inspire à tous les Russes.

— Vous ne m'aviez pas dit que vous le connais-
ie z, Annette? s'écria le jeune homme surpris.

— J'avais oublié de vous en parler, répondit-elle
 différemment.

Pavel, qui avait ses entrées à toute heure chez
sa marraine, accourait aussitôt qu'il était libre.
Tout le jour il travaillait à son atelier, et toutes ses
soirées il les passait dans les salons où il était sûr
de rencontrer Annette; il semblait avoir un secret
à lui révéler, et en sa présence une invincible
timidité s'emparait de lui.

Que les douces familiarités de l'enfance étaient
loin !

Plusieurs fois ils s'étaient trouvés seuls; il avait
appelé à son aide toute sa volonté; mais il se sentait paralysé par l'air indifférent et les manières,
non pas hautaines, mais réservées d'Annette.

Elle l'évitait évidemment, d'ailleurs, et descendait moins souvent au salon le retrouver.

Le comte Staritzeff avait annoncé son arrivée :
on l'attendait tous les jours.

8

Lorsque mademoiselle Lambert apprit ce retour à Pavel, il l'interrompit brusquement, et plongeant ses yeux dans les siens, il lui demanda :

— Dois-je parler maintenant? Ce retour m'ef fraie.

— Rien n'est fixé encore sur le sort d'Anouchka, répondit mademoiselle Lambert.

Et elle le quitta sans s'expliquer davantage.

Le comte arriva vers les fêtes de l'Epiphanie, si solennelles en Russie.

Il paraissait souffrant, ennuyé; ce voyage précip'té l'avait fatigué; il avait un long congé et ne savait pas s'il ne se retirerait pas tout à fait de la diplomatie. Annette et mademoiselle Lambert craignant pour lui les réceptions et les relations forcées qu'il allait trouver à Pétersbourg, lui proposèrent de retourner tous passer les fêtes à Krasnoïdom; là au moins il ne verrait que de vieux amis d'enfance, et n'aurait pas à subir les intimes de sa sœur dans la maison, toujours ouverte, de laquelle il était bien difficile de s'isoler.

— Cela ne vous déplaira-t-il pas, chère Anouchka, de quitter Pétersbourg dans la saison des bals, et de venir tenir compagnie à un vieux grognon comme moi?

— D'abord, cher comte, retirez vite cette vilaine épithète qui ne vous convient en aucune façon; puis, je vous avouerai que j'ai une envie folle de revoir notre Krasnoïdom, de patiner sur la glace, sans un cercle de trois cents personnes prêtes à me critiquer; de vous mener à toutes brides à travers nos bois et nos plaines; et surtout d'embrasser Marsa et son mari, que je n'ai pas vus depuis si longtemps.

Le voyage fut donc décidé, et deux jours après toute la famille rentrait à Krasnoïdom, moins la comtesse toutefois, qui ne pouvait se soustraire, sous aucun prétexte, à ses devoirs de maîtresse de maison. Elle fut contrariée au possible de cette détermination, qu'elle qualifiait de romanesque et d'absurde.

— Aller s'enterrer sous la neige à la campagne, fi l'horreur! répétait-elle à chaque instant.

Ne pouvant vaincre la volonté d'Anouchka, elle lui prédit toutes sortes de catastrophes; ce fut bien pis encore quand elle apprit qu'ils partaient un lundi.

— Décidément, dit-elle à son frère qui l'embrassait, vous êtes tous fous. Partir un lundi!

Elle veilla cependant avec sollicitude à ce qu'ils ne manquassent de rien durant le court voyage, et la berline n'avait pas disparu à ses yeux qu'elle regretta de tout son cœur de n'être pas avec eux.

— A propos, Anouchka, dit le comte, pendant le voyage, votre compagnon d'enfance est devenu célèbre, à ce qu'il paraît? On ne m'a parlé que de lui pendant ces quelques jours; aussi suis-je allé visiter son atelier, hier, il n'y était pas; mais j'ai tout vu, il a du talent, je vous assure, un grand talent! Il y a surtout une statue ébauchée dont les draperies sont splendides; mais c'est l'œuvre cachée du maître, je n'ai dû qu'à mon nom de pouvoir soulever les voiles qui la couvrent. Son domestique est une de mes âmes, sans cela je n'eusse pas obtenu cette faveur. Ne l'avez-vous pas vu à Pétersbourg, ces derniers temps, Anouchka?

— Pardon, comte, répondit Annette en rougissant légèrement, nous l'avons vu souvent chez la comtesse, il est allé embrasser ses parents, et n'est revenu que dernièrement; mais sa marraine l'a présenté chez toutes ses amies, et nous le rencontrions ainsi presque chaque soir.

—Pavel est bien changé depuis quelques années; ne vous semble-t-il pas, ainsi qu'à moi, chère Lambert, reprit le comte, que ce jeune homme est devenu indifférent, presque froid avec ses anciens amis? Il me sait à Pétersbourg, il ne s'est même pas présenté à l'hôtel Leinitz; il paraissait nous aimer autrefois. Il n'a plus l'air de parler la même langue, de sentir de la même façon; il est gêné, contraint, ses manières sont devenues légèrement hautaines; que signifie ce changement, Lambert, le savez-vous? Est-ce un orgueilleux qui rougit de sa naissance, et ne peut souffrir ceux qui l'ont connu et nommé, tendrement pourtant, Paloucha?

—Oh! non, comte, Pavel n'est pas un orgueilleux; j'ai remarqué comme vous le changement dont vous parlez, répondit mademoiselle Lambert vivement; mais je le crois absorbé par son art, par je ne sais quel rêve d'artiste qui s'évanouira avec le temps: plus assuré de son succès, plus sûr de

lui-même, Pavel redeviendra le Paloucha d'autrefois; je crois, moi, toujours à son amitié pour nous
tous, et à sa reconnaissance pour vous, comte.

— Pavel ne me doit rien, mademoiselle Lambert.

— Mais sa mère vous doit tout, comte.

— Enfin, nous verrons, fit le comte en secouant
la tête.

Et la conversation changea de sujet.

Le comte avait envoyé un courrier pour annon-
cer son arrivée, aussi l'allée conduisant au château
était-elle sablée de frais, les moujiks, en grande
toilette, placés de chaque côté de l'avenue, sa-
luèrent les arrivants par de grandes acclamations.

Il y eut discours, réceptions, bal pour les moujiks,
comme alors que, petite fille, Annette était entrée
pour la première fois dans cette chère maison, où
elle avait été si heureuse.

Marsa et le bon pope, bien vieilli depuis sa
récente maladie, pleurèrent de joie en les revoyant.

— Saint Georges et la Panagia auront demain
deux belles lampes de plus devant leurs autels, dit
Marsa à mademoiselle Lambert, je les leur ai pro-
mises s'ils me ramenaient ensemble mon Paloucha

et mon pigeon aimé; Pavel m'a écrit ce matin qu'il
s'ennuyait à Pétersbourg de ne pouvoir travailler
en paix, son atelier étant toujours plein de visiteurs,
et qu'il venait achever ici une statue commencée.
Comme la sainte Epiphanie sera belle cette année
à Krasnoïdom!

— Oui, chère Marsa, dit le comte, qui avait
écouté, nous fêterons tous cette solennité de notre
pays, et nous suivrons la procession, qui ira jusqu'au Volga, pour la bénédiction de ses eaux.

Le surlendemain, à onze heures, le pope, en
grand costume d'église, avec la longue robe de
drap d'or et le haut bonnet sur la tête, vint, suivi de
ses chantres, chercher le Barine, qui prit avec lui en
troïka découverte la tête du cortége.

Marsa, mademoiselle Lambert et Annette, venaient ensuite; puis l'intendant, les domestiques
et les starostes; enfin, à pied, la foule des moujiks,
hommes et femmes, garçons et fillettes, enfants,
tous dans leurs beaux costumes.

Ils marchaient avec recueillement, priant et se
signant. De temps en temps débouchait par un
chemin un cortége semblable qui se joignait au

premier; ces processions se composaient de gens
des villages du comte qui, ayant appris son
arrivée et connaissant sa résolution d'assister avec
la Barynia à la bénédiction, avaient pensé lui être
agréables en venant tous à celle qu'il honorait de sa
présence.

La neige qui était tombée abondamment toute la
nuit avait cessé, le ciel était de ce bleu intense qui
fait paraître éblouissante la robe blanche qui recou-
vre la terre, ciel qui est si fréquent pendant l'hiver
à Moscou.

Après une route d'une heure par ce froid excès-
sif, on arriva enfin au bord du Volga. Le Barine,
Andreï et les popes des villages voisins qui atten-
daient là, descendirent sur le Volga même, se rangèrent en demi-cercle; tandis que les chantres en-
tonnaient l'hymne sacrée, que les domestiques du
comte tiraient des coups de fusils, des moujiks
armés de lourdes haches cassaient la glace sur le
fleuve entièrement gelé, et faisaient un large trou
aux pieds des popes. Les hommes, les femmes, les
enfants se rangeaient en longues files sur la berge,
sur le fleuve même.

A un signal d'Andreï, des bombes éclatèrent et tous se découvrirent; le comte ôta sa pelisse, qu'il jeta à ses pieds, et apparut en grand uniforme de cour. Tous les moujiks l'imitèrent; les femmes, faisant comme Anouchka et Marsa, s'agenouillèrent sur leurs fourrures, supportant vingt degrés de froid. Ainsi le voulait le cérémonial de l'Eglise grecque.

Les chants résonnèrent lents, calmes et majestueux. Andreï prit entre ses bras une grande croix d'or, et, par trois fois, la plongea dans l'eau qui apparaissait noire et sinistre au travers de cette blancheur; puis la bénédiction terminée, le Barine trempa sa main dans un grand seau de cette eau bénite que vint lui présenter un des popes.

Anouchka s'avança, plongea sa main dans le trou, et la retirant toute mouillée, la tendit en souriant à mademoiselle Lambert, qu'elle croyait derrière elle; mais elle arrêta son geste toute confuse Pavel était à deux pas à côté de sa mère, il saisit la main qu'elle tendait encore en lui disant la formule consacrée :

— Que Dieu bénisse la main qui m'est tendue.

Et la serrant dans la sienne, il se baissa, plongea dans l'eau leurs deux mains enlacées en ajoutant :

— Amie de mon enfance, que notre amitié soit aussi bénie par Celui qui sait tout.

Et l'aidant à se relever, il la reconduisit près du comte, qu'il salua. Dès que le Barine se fut éloigné, les moujiks se précipitèrent en foule vers le trou béant, les uns trempant leurs mains, s'aspergeaient avec l'eau nouvellement bénite; d'autres remplissaient des verres, des bouteilles; quelques mères qui venaient de déshabiller lestement leurs poupons, les plongeaient malgré leurs cris dans cette eau glacée, et même un moujik plus religieux ou plus ardent que les autres, ôtant brusquement sa touloupe, se précipita au fond de ce trou, risquant de ne pas remonter à la surface, si le froid paralysait ses mouvements. Mais comme l'avait dit Marsa, ce devait être une belle Epiphanie cette année-là à Krasnoïdom; aucun accident ne vint attrister la cérémonie, le pieux moujik reparut au jour une minute après, soutenu par vingt mains empressées à toucher ses vêtements sanctifiés.

De retour au château, le comte fit distribuer des

marmites de tschée (1) et de viandes bouillies; des
tonneaux de braga (2) furent défoncés en l'honneur
du saint jour.

CHAPITRE XV.

Le comte rentra fort soucieux de la bénédiction.
Quelqu'un ou quelque chose l'avaient-ils froissé?
On ne le sut, mais il se déclara souffrant et s'enferma
chez lui jusqu'au moment du dîner. Le pope, sa
femme, et Pavel, que le comte avait expressément
engagé, et qui répondit avec réserve qu'il était
heureux d'une telle invitation, y assistèrent. Là encore, à dîner, le comte parut distrait, il parla peu,
écoutant beaucoup Pavel, qui lui sembla tout autre
qu'il n'avait cru.

Pavel, lui, avait un air résolu; par instants un
éclair traversait ses yeux, il les baissait alors
comme s'il eût craint de laisser deviner ses pensées. Il répondait avec gaieté aux plaisanteries de

(1) Soupe faite avec des choux aigris.
(2) Boisson faite avec de l'orge ou du millet.

quelques vieux amis du comte qui, l'ayant connu
tout enfant, l'appelaient encore familièrement Paloucha.

En entendant le rire sonore du jeune homme et
celui d'Annette qui lui répondait, le comte leva
brusquement la tête et les regarda; mais ce fut
avec un sourire qu'il taquina Pavel sur les mesures
sévères employées contre les curieux dans son
atelier.

Pavel répondit sur le même ton.

Après le repas, le comte accompagna ses amis au
fumoir. Marsa et Andreï souhaitèrent le bonsoir à
leur hôte, quittèrent le château aussitôt; et lorsque
Pavel, après les avoir mis en traîneau, revint au
salon, mademoiselle Lambert et Anouchka s'y trouvaient seules.

Il s'arrêta un instant indécis sur le seuil, puis
rapidement il entra, et debout devant Annette,
d'une voix qui tremblait, il lui dit :

— Chère Anouchka, je me suis mépris, n'est-ce
pas, vous croyant changée pour moi à mon retour
de Rome; vous êtes toujours l'amie des anciens
jours?

— Oui, Pavel, répondit Anouchka vivement.

Alors il reprit avec feu :

— Si vous saviez, Anouchka, comme votre sou-venir m'a soutenu dans toutes mes luttes, dans tous mes découragements; je revoyais votre cher visage, je pensais à votre amitié, et le courage me revenait. Si j'ai résolu fermement de devenir un artiste, quel-qu'un enfin, c'est que je voulais m'élever jusqu'à vous et pouvoir vous dire : Annette, voulez-vous être ma femme?

Le jeune homme très-ému l'enveloppait d'un regard anxieux, attendant sa réponse.

Annette avait pâli; ses mains, posées sur ses genoux, tremblèrent en se serrant l'une contre l'autre, deux larmes brillèrent tout au fond de ses yeux; mais elle les refoula courageusement, et ce fut d'une voix calme qu'elle dit :

— Non, Pavel, non, je ne puis accepter, je ne puis être votre femme; le comte a d'autres vues pour mon établissement, j'ai deviné d'ailleurs qu'il n'aimerait pas à me voir le quitter pour me marier, et j'ai renoncé depuis longtemps à le faire.

— Mais c'est impossible, s'écria Pavel avec im-

pétuosité, il ne peut vouloir cela! Dites toute votre
pensée, Annette : la vie que je vous offre ne vous
séduit pas; non, Annette Adamnovna veut être
comtesse ou princesse, conclut-il amèrement.

Mademoiselle Lambert, qui depuis le commencement de cette scène, muette et immobile, était
restée à l'écart, s'approcha, et mettant tendrement
sa main sur l'épaule du jeune homme :

— Qu'importe que je n'atteigne pas l'étoile,
disais-tu autrefois, Pavel, si je puis la suivre d'assez
près pour qu'elle me guide et m'éclaire...

Pavel l'interrompit avec colère :

— Vous saviez bien, vous, qui aviez deviné mes
espérances, vous saviez bien qu'elle ne voudrait
jamais de moi; elle l'a dit, vous avez entendu, je
ne rêve pas; le fils d'un pope de village, fi donc!
s'élever jusqu'à Annette Loga, est-ce possible?
Pourquoi m'avez-vous admis à partager ses leçons? Pourquoi ne m'avoir pas laissé à Krasnoïdom, dans mon isbah rustique, avec les paysans
mes frères, et ne m'avoir pas défendu de caresser
cette chimère?

— Je n'ai pu empêcher tes espérances de naître,

lui répondit l'institutrice tout éplorée devant sa
douleur; mais j'ai cherché, lorsque je les ai vues
s'emparer de toi, à t'éloigner d'ici ; aujourd'hui
encore je ne me repens pas de ce que j'ai fait;
Pavel, j'ai pensé que l'art console de tout. Ne
maudis pas cette espérance, Pavel, qui t'a grandi,
qui a élevé ton esprit, qui a fait de toi un homme.
Quand tu ne lui devrais que ton talent, n'est-ce pas
presque le bonheur?

— Que m'importe mon talent! s'écria Pavel,
s il ne peut même pas me rapprocher d'Annette!
Je vais aller au comte lui demander si...

— Ne faites pas cela, Pavel, s'écria Anouchka
en larmes, je ne vous reverrais de ma vie. Quand
il m'a trouvée la balalaïka sur le dos, mendiant
mon pain, oui, Pavel, mendiant, il ne m'a pas fait
de condit ons, lui, il m'a dit simplement : Viens,
sois ma fille. Et maintenant j'irais lui déplaire et le
quitter! Non, Pavel, nous n'aurions à nous donner
pour ce mariage que des raisons d'ingrats.

— Est-ce que je lui dois quelque chose, moi? je
ne suis pas son serf!

— Pavel, ta mère a été affranchie par lui, murmura doucement Annette.

Il s'arrêta soudain, des larmes coulèrent de ses
yeux, inondant son visage.

— C'est vrai, mon Dieu! c'est vrai, disait en
sanglotant Pavel. Pardonnez-moi, Annette, je suis
un ingrat.

Et faisant un geste de désespoir, il s'enfuit, laissant les deux femmes désolées.

— Viens, Annette, que le comte ne voie pas tes
pleurs, mon enfant, dit mademoiselle Lambert.

— Tu as raison, chère amie, il ne doit connaître
que ma reconnaissance profonde.

Au moment où l'institutrice, suivie d'Annette,
sortait, la portière d'un boudoir communiquant au
salon se souleva, et le comte parut.

Il était fort pâle.

— Chers enfants, dit-il seulement.

Et se laissant tomber dans un fauteuil, cachant
son visage avec ses mains, il sembla abîmé dans
des pensées amères.

Que se passa-t-il dans ce cœur généreux? quelles
espérances, dont il ne se rendait pas encore bien

compte, dut-il éloigner à jamais? Combien de temps dura ce combat intérieur? Nul ne le sut jamais. Quand il se leva pour gagner ses apparte- ments, il était calme, un sourire attristé crispait ses lèvres pâles.

Le lendemain matin, il fit atteler de bonne heure le traîneau, et se rendit chez le pope. En le voyant entrer, Pavel s'élança vers lui ; il avait vu sur sa figure que quelque chose d'extraordinaire s'était passé depuis la veille.

— Pavel, lui dit le comte en lui serrant la main, veux-tu devenir mon gendre?

Pavel, tremblant de tous ses membres, ne put que tomber sans voix à ses genoux.

Il emmena le jeune homme immédiatement à Krasnoïdom, après avoir embrassé Marsa, et ré- pondu au bon pope confondu d'étonnement et de joie :

— Il paraît, Andreï, que nous allons avoir une belle noce à Krasnoïdom dans quelque temps.

Ils arrivèrent au château pour le déjeuner ; le comte prit Pavel par la main, et le présentant à Annette :

— Chère enfant, lui dit-il, voici le mari de mon choix, te plaît-il? j'ai entendu votre conversation, hier soir. Je t'ai dit autrefois que je voulais faire de toi une heureuse femme : va, ma fille, j'ai fait ce que j'ai pu pour cela. Aime ton mari, mais n'oublie pas trop vite ton père.

Annette se jeta en pleurant d'attendrissement et de joie dans ses bras.

Tout de suite il fixa le mariage avant la fin de son congé, et s'occupa avec mademoiselle Lambert du trousseau et des noces, qu'il voulait splendides.

La comtesse Leinitz, à laquelle Annette et Pavel écrivirent leur bonheur, fut d'abord furieuse.

— Epouser Paloucha! le fils d'un pope, disait-elle; il est vrai que c'est un artiste, maintenant; mais sa mère est née serve!

Puis la comtesse avait cru pénétrer les intentions de son frère, et la pensée de son mécompte la chagrinait; mais lorsqu'elle arriva à Krasnoïdom, après avoir écrit que pour rien au monde elle ne viendrait, elle trouva son frère si tranquille, si heureux presque de ce mariage, qu'elle en fut enchantée à son tour.

Seule mademoiselle Lambert, tout en étant heureuse de ce dénoûment qui remplissait de joie son Anouchka, se sentait prise d'une grande tristesse : elle voyait sa tâche accomplie, elle sentait qu'il allait falloir quitter cette enfant qu'elle avait faite sienne ; puis elle avait peur de n'avoir pas fait tout son devoir envers le comte, et malgré son apparence calme elle craignait qu'il ne fût attristé de ce mariage, et un remords l'étreignait quelquefois à sa vue.

Le comte devait rejoindre son poste aussitôt après la cérémonie ; elle résolut donc de lui parler, ainsi qu'à Annette, de son départ à elle, qu'elle croyait nécessaire. Les fiançailles eurent lieu sans apparat, en famille ; et après la lecture du contrat, le comte, qui venait de donner à Anouchka Krasnoïdom et toutes les âmes qui dépendaient du château, appela, avec Annette, mademoiselle Lambert auprès de lui.

— Vous ferez comme vous voudrez, chère amie, lui dit-il, quoique, à vous dire le vrai, ni Anouchka ni moi ne saurions vivre sans vous. Votre place sera toujours entre nous trois. Annette me disait

hier qu'elle ne comprenait pas le bonheur sans sa
chère institutrice; mais nous ne voulons ni les uns
ni les autres nous imposer à vous. Peut-être un
jour vous plaira-t-il de retourner en France : voici,
chère Lambert, une rente de douze mille francs qui
vous appartient dès à présent.

— Me voulez-vous encore près de vous, comte?
et toi, Annette? demanda l'institutrice, en éloignant
d'un geste la main qui lui tendait une large en-
veloppe.

—En pouvez-vous douter? s'écria la jeune fille.

— Eh bien! laissez-moi attendre vos enfants;
je ne suis pas encore si vieille que je ne puisse un
jour élever une autre Annette.

— Merci, chère Lambert, s'écrièrent ensemble
le comte et Annette, en lui serrant les mains avec
effusion.

Quelques jours avant leur mariage, Pavel vin'
trouver Anouchka, et lui dit :

— Vous souvenez-vous de Macha, votre protégée, la sœur de Piotr?

—Mais, oui, Pavel, certainement; je l'ai aperçue
dans le défilé le jour de notre arrivée.

— Eh bien! Annette, Macha se marie aussi, avec un jeune paysan, mon ancien compagnon de chasse; je suis le parrain de celui-ci, et Macha, qui n'ose pas venir à Krasnoïdom, m'a chargé de vous demander de lui faire l'honneur d'être sa marraine de noce.

— Bien volontiers, cher Pavel, quand sera-ce?

— La veille de notre mariage à nous.

— Dites à Macha, Pavel, que je me charge du repas que doit donner le père de la fiancée, la veille de la cérémonie, et qu'elle vienne chercher ici sa robe et son kakochnik.

La veille du mariage, Annette envoya, selon sa promesse, un repas tout préparé pour les invités du vieux Ruffin. Avant d'y prendre part, les jeunes moujiks, amies de Macha, se rendirent en corps chez elle pour lui réclamer, avec les chants de circonstance, la demi-livre de savon exigible pour le bain de la fiancée. Elles la conduisirent ensuite aux bains, qui forment toujours une des dépendances de l'habitation du paysan; là eurent lieu les chants du départ, ses amies s'apitoyèrent sur le sort du *beau cygne blanc qui allait*

se métamorphoser en oie grise : on habilla magni-
fiquement Macha avec la belle robe d'Annette,
et on la conduisit dans la salle, où étaient réunis les
invités. La fiancée reçut de chacun, en échange d'un
verre d'eau-de-vie, un cadeau utile : de celui-ci des
serviettes ou de la toile brodée ; de celle-là des
mouchoirs ou un samovar de cuivre ; les plus
riches donnèrent, qui une vache, qui un objet de
ménage. Marsa, Annette et mademoiselle Lambert
lui firent leur présent en argent. Comme ces
cadeaux et cet argent forment la fortune particulière
de la jeune paysanne russe, elles lui firent ainsi une
dot pour se vêtir toute sa vie, car le paysan russe,
père de famille, ne s'occupe jamais de ce détail.

Dès le matin, le lendemain, Pavel, en sa qualité
de parrain, assista à la vente de la tresse de cheveux de Macha, que la femme mariée ne doit plus
porter ; il la paya un gros prix pour le village :
deux roubles argent.

Puis les jeunes filles remirent la fiancée en
pleurs, couverte d'un grand voile, entre les mains
de ses marraines, et se retirèrent. Annette et Marsa
conduisirent Macha à l'église, les parents n'accom-

pagnant pas leurs enfants jusque-là; puis après la bénédiction du pope, ses marraines la reprenant par les mains, la firent agenouiller sur le bord de l'iconostase, et lui donnèrent à baiser les saintes images; là son mari vint la chercher, et levant son voile, il l'embrassa. C'était fini, elle était sa femme devant Dieu et les hommes.

A minuit, le lendemain, avait lieu, suivant l'usage de la noblesse, le mariage de Pavel Androïnowitch et d'Annette Loga.

FIN.

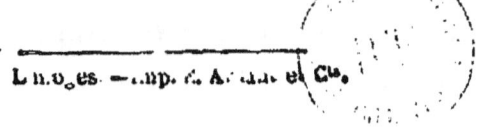
Limoges — imp. G. Ardant et Cie.

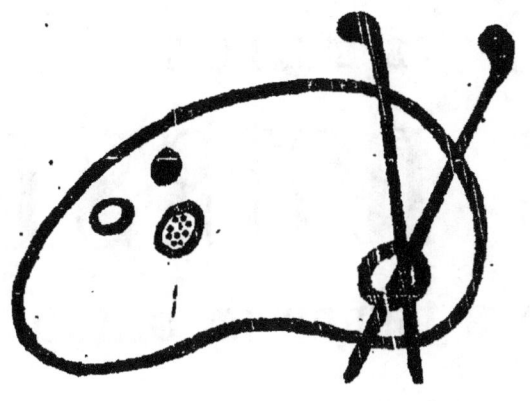

Original en couleur

NF Z 43-120-8

HISTOIRE

DE L'EMPIRE

DE RUSSIE

SOUS PIERRE LE GRAND

PAR VOLTAIRE

AUGMENTÉE

D'EXTRAITS DE L'HISTOIRE DE CHARLES XII

ÉDITION REVUE ET ANNOTÉE

PAR E. DU CHATENET.

LIMOGES

EUGÈNE ARDANT ET Cⁱᵉ, ÉDITEURS.

www.ingramcontent.com/pod-product-compliance
Lightning Source LLC
Chambersburg PA
CBHW070857030726
47504CB00005B/1363